KB021412

광주문학아카데미

광주문학아카데미 엔솔로지 3 시집

그렇게

여러

날

다인숲

| 차례 |

여기 우리, 광주

중국계 미국인 지리학자 이푸 투안은 "공간을 움직이는 곳, 장소를 정지하는 곳이라고 정의하며 공간에 가치를 부여하면, 그곳이 장소가 된다"라고 말하였습니다. "공간에 우리의 경험과 감정이 녹아들 때, 공간에 의미와 가치를 부여할 때 그곳은 '장소로 발전'한다"고 주장합니다. 이것을 장소애 즉 '토포필리아 Topophilia'라고 하는데 자기가 살고 있는 곳이 곧 '장소'가 되고 그것과 관련된 기억들에 애착을 갖게 되는 현상입니다. 흔히 고향을 사랑하는 마음이라고 정의하기도 하지요. 인간이 일정한 크기의 공간을 점유하는 속성을 가지고 있기 때문에 생겨난 감정입니다. 작게 보면 자기 집, 좀 더 범위를 넓혀보면 우리가 살고 있는 고장, 광주, 전라도가 그 대상이 되는 것은 지극히 자연스러운 일입니다.

　문학은 로컬적인 성격이 강합니다. '로컬(Local)'은 사전적으로 '특정 지역', '현지의'라는 뜻을 가지고 있는데 세대에서 세대로 이어지는 문화를 함축합니다. 그러므로 문학은 그 지역의 말로 구현될 필요가 있습니다. 표준어적인 반어와 역설, 언어유희와 방언적인 반어와 역설, 언어유희는 약간 다릅니다. 그 지역사람들만의 소통방식은 읽는 이에게 상쾌함마저 줍니다. 지역의 사람들은 그 지역만의 갈등을 통한 형상화, 나아가서 그것을 해결하는 데서 오는 경험을 공유합니다. 예컨대, 내가 살고 있는 마을 주택의 담벼락에는 깔끔하게 흰 바탕으로 따뜻한 느낌을 주는 다채로운 그림들이 그려져 있습니다. 상사화 장독대 등등 이러한 벽화를 보면서 문학의 역할을 다시 떠올려봅니다. 공동체의 지속성 여부는 구성인자들의 화합이라 할 수 있는데 문학도 그러한 화합에 힘을 보탤 수 있을 것이라 생각합니다. 그곳에서 마음의 궤적을 발견하고 그것을 따라 새로운 사상과 정서를 창조해내는 힘,

이것은 지속적 생존에 관한 기록을 수행하는 일이 될 것입니다.

이것을 '촌스럽다'고 생각지 않고 중앙을 넘어서는 로컬적 힘을 부여하여 문학적 역량으로 승화될 때 새로운 형태의 예술이 태어날 것입니다.

> 아아, 광주여 무등산이여
>
> 죽음과 죽음 사이에
>
> 피눈물을 흘리는
>
> 우리들의 영원한 청춘의 도시여
>
> _ 김준태, 「아아 광주여! 우리나라의 십자가여」 부분

어느 시인의 말대로 광주는 '우리들의 청춘의 도시'입니다. 광주에서 태어났건 태어나지 않았건 살고 배우고 기뻐하고 좌절하고 성공했습니다. 무등산, 금남로, 도청 앞, 광천터미널, 야구장, 송정역, 사직공원, 상무지구, 양림동, 돌고개, 운천저수지, 뽕뽕다리, 광주천, 용봉동, 화정동, 지산동, 극락강, 망월묘지, 목포, 여수, 곡성, 구례 등등 언제 보아도 정겹고 언제 보아도 눈물이 날 것 같은 곳들입니다. 이 많은 곳에

서 이야기는 시작되었습니다. 어떤 사람은 시, 어떤 사람은 시조, 어떤 사람은 동화, 어떤 사람은 산문으로 생각과 전망을 제시합니다.

우리 모임이 처음 시작된 것은 약 십오 년 전입니다. 매월 문학을 공부하기 위해 첫째 주 월요일 저녁에 만나 자기 작품 발표하기, 다른 사람 시 읽기, 대표작 읽기, 단시조 쓰기, 시, 시조, 동시, 소설 등의 창작에 대해 토의하기 등을 하였습니다. 우리 모임의 이름은 '광주문학아카데미'입니다.

지금까지도 그랬지만 앞으로도 우리 모임의 목적은 문학을 통해 자기를 계발하고, 절차탁마하고, 외로움을 이겨나갈 것입니다. 그러기 위해 이번에 세 번째 작품집을 발간합니다. 출범 연한에 비추어 많지 않은 결실이지만 앞으로 더욱 정진할 것입니다. 그리하여 완성도 높은 창작집을 발행하도록 노력하겠습니다. 강호제현의 관심과 채찍질 부탁드립니다.

대표 글 고성만

집

열쇠를 잃어버리고
몇 시간째 기다리던 곳
어른 주먹만 한
열매 열던 방문 앞
얼마나
부서지기 쉬운
안식처란 말인가

김강호

허상

끝 모르게 길지만 잡힐 것만 같아서

날마다
되감고 있는
그리움이라는

너

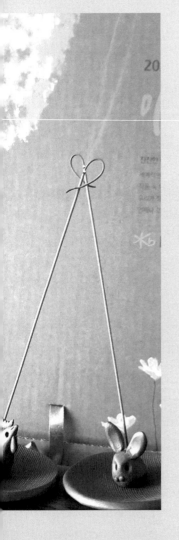

김화정 _____

사랑의 미학

그을린 하루가 불꽃을 피운다

엇갈린 길, 되돌아
마주 선 너와 나

말의 뿔 태우고서야 사랑인 걸 알겠다

박정호

그림

나무를 그려 넣고 그늘에 들어선다
달빛 같은 거 싣고 가는 물에 뜬 돛배 하나
틀 속에 갇혀 있어도 모든 길은 멀어진다

이송희

식물 키트

흔들리는 밤

불안을

컵에 옮겨 심는다

흙 위로

뚝 끊긴 잠의 줄기가 보이면

구근을 들추기 싫어

묻고 덮는

내 사랑

불잉걸

처음에 이 불은
붉은 꽃이 되려했다

쇠를 깨워
무딘 날을 벼리기 전까지

당신이 나를 달구어 살에 댔던,
그때도

임성규 _____

웃풍의 기억

너는 온다
예정된 부고처럼
스멀스멀

허기의 꼬리를 물고
타닥, 타다닥
파고드는

누구도
막을 수 없어
울음이 새는 창문

널 보내느라 흐려졌다

길을 걷는 일이나 바람 부는 일이나

걸음은 그 걸음을 되돌리지 못한다,

몸속에 매듭이 있다,

멀리까지 묵언이다.

정혜숙 ————————————————————

초록은 온다

초서체로 흩날리는 꽃잎을 일별한다
바람의 끝을 잡고 입술에 울음을 물고…

그렇게 초록은 온다
꽃을 다 보낸 후에

버스 안 승객은 나 혼자다

악마의 목구멍에 둘이서 빠지자던 말

어둠을 몸에 두르고 빛을 향해 가던 그가

불현듯 떠오른 것은 덜컹거린 탓이다

ー 테 마 시 ー

광주

양림동

고성만

선거 포스터 위로
주룩주룩 비가 내리던 담벼락
사직공원 계단을
가위바위보 하며 올랐지

시인이 살던 골목 돌아
음악가의 생가 지나
천변을 따라 걷기 좋아하던 우리는
노란 가로등 불빛 아래
하얗게 웃으며 손을 흔들었는데
점집 깃발 같이
하염없이 나부꼈는데

몇 번 더
선거가 치러지는 동안

단축키로 들어간 전화번호처럼
내비게이션으로 찾아가는 주소처럼
사랑도 잃고
지지후보도 잃어버렸지

느닷없이
눈송이 날려
흰 꽃 위에 쌓이는 4월
냉해 입은 과실들이
속절없이 떨어지는 계절에

왼쪽 가슴 부근
붉은 반점이 있는 새가
자꾸 울었지

전일빌딩

김강호

그때를 잊지 말라고
골근 깊이 박혀서

파문을 놓고 있는 탄흔 자리 245

번개가 어둠을 쪼개자
천둥이 와서 운다

무등에 올라

김화정

비 개인 무등산
일상을 깨는 햇볕알갱이
얼굴을 숨긴 포획자들
날개를 펴고 날아다닌다
녹색 암호로 떠다니는
어느 신의 뜻일까
눈을 감고 걷는다
너와 함께 웃고 울던 곳
막걸리 한 잔 부어놓고
울화가 터지면 무등을 오른다
열병이 난 사람들
소름 돋는 사람들
하던 일 멈추고
바람재 지나 중머리재, 장불재
입석에서 서석으로

흩어지다 모여들다 어디론가 떠난다
사람으로, 사랑으로, 그리움으로
시로 물들어 깊어지는
저마다의 봉우리 하나 끌어안는다

오월의 섬

박정호

오월이라는 섬이 있다

떨어진 꽃잎 쌓여 봉분처럼 솟아올라
이 가슴 저 가슴으로 밀물져와서
하늘땅 울린 함성으로 널뛰는 심장 속에
눈물보다 강하고 불보다 뜨거운 섬

흐르고 흘러 기어이 와서
흐르고 흘러 너에게 닿는다

상처는 향기가 되고
그리움 희망이 되어
오월이라는
아, 오월이라는
사람이 꽃 피어 숨 쉬는 섬

이명耳鳴

이송희

그녀는 문밖에서 오래오래 울었다

군홧발에 짓이겨져 허무하게 떠난 뒤에도

매일 밤 나를 부르며 창문을 두드렸다

벚꽃 피고 잎 돋아 무성하던 오월은

비구름에 갇혀서 한낮에도 어두웠다

몇 마리 이름 없는 새들이 처마 밑에 숨었다

그녀의 울음들은 노래가 되었을까

우묵한 둥지를 떠나 돌아오지 않는 사랑

망월望月의 침묵 속에서 말문마저 닫은 사랑

광주에는 극락강이 있다

이토록

서창길 헤매다가 다리를 건너갔다
다리를 건너는 줄도 모르고 건넜다
그래도 영 길을 모르는 천치는 아니어서
구 시청가는 길을 알고 충장로도 안다
5.18 묘지로 가는 변두리 길도 알아서
그게 광주의 큰 길이라고 믿기는 하지만
광주에는 아는 길이 없어 물어서 다닌다
경상도 말로 길을 묻는 것이
거시기할 때도 있다 나는
이유를 모르지만 아는 사람도 있다
아는 사람은 다 내가 모르는 사람이라서
어떤 길은 모르는 척 가거나 가지 않아도 된다
광주 사람도 내비게이션도 말해주지 않았던
다리를 건너갔다
다리인 줄도 몰랐으니

건너가지 않아도 되는 길이었다
아무 생각 없이 그냥 가면 되는 길이었다
갔다가 아차 이 길이 아니었구나 돌아섰을 때
무심하게 건넜다가 처음의 그 자리로 돌아오는 길에
비로소 다리 아래를 지나는 극락강을 보았다
극락강이라는 푸른 표지판을 보았다

폐선로, 푸른 길에서

임성규

건널목이 있던 자리, 눈앞이 아득해
침목이 흔들리는 소리가 들린다
시간을 두드리면서 기차는 달려오고

그 앞에 선 나는 젖은 말을 되새긴다
초여름 철로 옆에 풀꽃이 피어날 때
노을이 다복솔 위로 핏빛 울음을 흘릴 때

기차 소리 덜컹덜컹 기적을 꿈꾸는지
창문에 매달린 눈빛을 만나곤 해
지금은 푸른 길이 된, 그가 손을 흔든다

널브러진 잎들이 끌고 온 길 위에
아무도 모르게 국화 한 송이 떨군다
내 몸은 빗속에서도 쉼 없이 덜컹거린다.

구시가지에서 – 충장로 5가

염창권

　철물의 거리를 지난다, 문 닫은 채

　나선형의 시간들을 상자에 쌓아두고 있다, 그 옆으로 실밥의 거리가 늘어섰다, 수습 당한 근심이 창유리를 밀어낸 곳엔 회전의자, 접의자들이 쏟아져 나와 있다, 봉제인형 같은 날엔 웃는지 우는지 막 개복한 내장 같이 속이 추지고 어수선하다

　멀거니, 내다보이는 근심
　또 한 차례 임대된다.

그 날

정혜숙

차 씨 별장 딸기 밭에서
화약 냄새 맡았어요
아까시 꽃이 지고 장미꽃 붉던 무렵
멀리서 가까이에서
화급하던 전언들

높낮이 없는 톤으로 표정 없는 얼굴로
그날을 기억하는 상흔 아직 검붉어요
선명한 5월의 문장紋章
삭제할 수 없어요

그때 그 이야기는 멀찍이 놓아둔 채
아무 일 없었다는 듯 꽃들은 피고 지고
여전히 기차는 달려요
극락강 건너 칙칙폭폭

산수동

최양숙

연두에 떨어지는 빗방울이 너무 예뻐
시선을 돌리려고 뛰다가 넘어져도
상처에 밴드 붙이고 가만히 웃는 동네

수다를 떨기에는 처마가 너무 낮다
기차가 떠날 무렵 급히 던진 너의 약속
이제야 담 넘어와서 자잘자잘 웃는다

그런 날,
힘들어도 함께 하자 손잡았다면
꼭 닮은 뒷모습에 허둥지둥 쫓아가서
제 가슴 쿡쿡 찌르며 돌아서지 않았을 텐데

오늘은 너를 위해 한 시간 먼저 도착할게
내 옆에 앉을 자리 맡아 놓고 기다릴게
우리가 살고 싶었던 이층집도 찾아볼게

고 성 만

광주문학아카데미 엔솔로지 3 시집

1998년 『동서문학』 신인상. 시집 『올해 처음 본 나비』, 『슬픔을 사육하다』, 『햇살 바이러스』, 『마네킹과 퀵서비스맨』, 『잠시 앉아도 되겠습니까』, 『케이블카 타고 달이 지나간다』. 시조집 『파란, 만장』.

목포 내항에서 외 4편

외항선원 꿈꾸던 바다
아스라한 수평선
그림자조차 붉은 오후
나침반 구명보트
긴 고동 소리
점차 포말 거세어질 때
햇살 속 빛나던 섬이 멀어진다
항구로 돌아오는 배의 수척한 이마
갈매기 난다
우연과 운명 사이
깜박이는 등대
굽이굽이 골목 지나 가파른 언덕
계단을 오르고 또 오르면
불 켠 추억처럼 떠 있는 배
무릎 사이에 얼굴을 묻고
한 사내가 흐느끼고 있다

구례 발 부산행 영화여객을 타고

새벽에 지리산 내려와

연두색 버스를 탔던 것인데

비탈 깎아 만든 계단 위

쏟아질 것처럼 지은 집 앞으로

윤슬 부서지는 강가

정류장에 잠시 멈출 때

고개 숙이고 눈물 훔쳤을 것인데

바람 찬 항구도시

낯선 거리에 내렸을 것인데

바다 건너 다른 세상 꿈꾸었을 뿐인데

또 다시 오랫동안 각자의 방식으로

서로를 그리워했을 터인데

보라색 커튼 찰랑찰랑

흰 눈 날리는 터널 향해

나뭇잎 같은 차표를 쥐고

폭설

지지하던 후보가
맥없이 낙선하던 그해 겨울
가창오리 떼 날아오를 때
오호츠크해 한랭 기단으로 뒤덮인 호남지방

사람들을 구조하기 위해
긴급 출동한 견인차들이 계곡에 처박히고
수험생은 낙방하고
노인은 낙상하고
꼭 다문 입술처럼
얼어붙은 하늘 아래
구급차의 경적이 귀청을 찢는 밤
완전히 갇혔다,

이렇게 황홀할 수가!
베란다에서 목마른 숨 몰아쉬는
용월*을 데려온다

맨발의 그녀를 안고
고드름 발 친 오두막에 도착한 후
그새 파래진 입술이 안쓰러워
장작 한아름 가지고 와 난로를 피운다 불은
너를 위해 추는 춤

권커니 잣커니

바라본다
설원 위 펼쳐진
오로라를

*용월 : 다육식물

노란 장미

초여름
녹아내릴 것 같은
몸 이끌고
일터에서 돌아올 때

그립다
말 한 마디 하지 못한 채
창문 가까운 침대에
병약하여
몸져누운 너

수혈이 필요해
뚝 뚝 떨구는
눈물

갑자기 비를 만났어

산행 중 느닷없이 빗방울이 떨어진다 급하게 찾아든 큰 나무 밑 먼저 와 있던 사람들 틈 비집고 들어간 자리

미안해요 하면서 뛰어든 여자 모락모락 김나는 목에 걸린 금빛 십자가 행여 내 입김 닿을까봐 숨소리조차 조심하는데 더욱 더 큰 가지 벌리는 진초록

흙먼지 가라앉으며 후두둑 소나기 지나간 후 무지개다! 외치는 소리에 쿵쾅쿵쾅 가슴이 뛰던,

왜 갑자기 떠오르는 것일까 꽤 오래 전에 있었던 그 일

김 강 호

광주문학아카데미 엔솔로지 3시집

1999년 동아일보 신춘문예 당선. 시조집 『군함도』 외 4권, 가사시집 『무주구천동 33경』. 고등학교 1학년 교과서에 「초생달」 수록.

가을 여인 외 4편

가을에 젖은 여인은 한 편의 시가 되고
잠 깨어 서성이는 운주사 와불이 되고
쪽빛을 가르며 가는
한 마리 새가 된다

아득한 뒤태에는 샬리니 향기가 피고
건반을 빠져나온 풍금 소리가 피고
갈대밭 시름 헹구는
보랏빛 노을이 핀다

단풍의 붉은 혀가 여인을 빨아들이자
목마른 사내 가슴은 느닷없이 덜컹거리고
구멍 난 하늘 어귀에선
별 한 됫박 쏟아진다

겯불

보름에서 그믐까지 온몸이 야위도록
달빛으로 써 내려간 절명시 같은 편지
난 정녕 읽지 못하고 두견새가 읽어서요

귀뚜리 울음 쌓인 돌담에 다가서면
눈시울 그렁하게 맺히는 당신 생각
그리움 긴 대궁마다 겹꽃으로 피어서요

서너 평 하늘에 박힌 점자 같은 별들을
마디 굽은 손가락으로 더듬어 볼 때마다
피멍 든 날들이 스며 망울망울 맺혀서요

섣달그믐 적막 속에서 활짝 웃는 납매臘梅를 보며
당신이 날 위해 피운 겯불이라 생각하니
백 년쯤 겨울이라 해도 행복할 것 같아서요

밑줄

구겨진 신문을 펴자 솟구치는 전쟁 소식
포연에 묻힌 청춘들 곤두박인 진흙 뻘엔
신음이 검붉게 터져 불길처럼 번진다

눈뜨고 읽을 수 없는 에일듯한 내력들이
덜컹이며 내달리는 협궤열차 같아서
아, 차마 읽지 못하고 먼발치만 보고 있다

피 젖은 들꽃들이 흐느끼는 드네프르강
실체적 진실마저 쓸려간 긴 강둑엔
길 잃은 영혼들 모여 천둥 울음 울고 있다

피눈물 흘러가서 흑해에 잠겨들 때
종전을 위한 기도가 줄임표로 놓이고
평화에 긋는 밑줄도 죽은 듯이 멈췄다

디케

신화를 걸어 나와 권력에 눈먼 여인
한쪽 귀 틀어막고 중심을 잃은 지 오래
움켜쥔 저울은 이미 악법 쪽으로 기울었다

썩어버린 정의에서 구더기가 기어 나오고
매몰된 자유에서 신음이 솟구친다
길 없는 벼랑을 향해 헛딛는 저 디딤발

정적의 목을 치는 비릿한 칼날에서
수많은 비명소리가 천지사방 나뒹군다
오, 저기 유권무죄와 무권유죄 판결이여

불의가 웃자라서 지상을 뒤덮을 때
긴 머리 휘날리며 천공에서 추락하는
디케여! 마녀 디케여! 악법의 딸 디케여!

정의라는 활자

쏟아져 내렸거나 어둠에 매몰됐거나
부릅뜬 고위층 눈에 주눅 들어 처박혔거나
자존심 견딜 수 없어 작렬하게 자폭했거나

목숨이 두려워서 몸종이 되었거나
명분 없는 명령에 항의하다 구속됐거나
독자를 깔아뭉개고 권력 밑에 숨었거나

홀로 서지 못하고 아첨하다 사라지는
진실이 진실을 잃어 슬픔보다 슬픈 현실
활자여 값없는 활자여 치욕스런 활자여

김화정

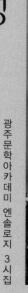

광주문학아카데미 엔솔로지 3 시집

2008년 《시와 상상》 시 당선. 2010년 〈영주신춘문예〉 시조
등단. 시집 『맨드라미 꽃눈』, 『물에서 크는 나무』. 시조집
『그 말 이후』.

너를 위한 차 외 4편

시린 허리 곧추 올린
품안에 가시가 자라

하늘대는 연록의 기억

헤엄쳐 간 바다 끝

물안개 털어낸 붓으로
찻잎이 쓰는 일기

차꽃이 피는 집

차 향기 그리운 날
그 집 문 두드리네

오래
기다렸다며
늙은 고양이
눈빛 흘리네

차꽃이 나비춤 추네
불볕에 빚은 내 사랑

너릿재를 넘으며

풀꽃들 귀엣말에 출렁이는 이십곡리
부러진 꽃대에선 그날이 풀려 나온다

꺾다가
잦아드는 숨
어느 날의 흐느낌일까

찢겨진 네 목소리 한 소절 맺지 못해도
귀 열어 길이 오고 저마다 길이 되고

우는 길
달래 보느라
걸음마다 피는 꽃들

*너릿재 : 옛 지명은 판치板峙였다. 판치는 순우리말로 널재이다. 널재가 너
릿재가 되었다. 역사적으로 가슴 아픈 사건을 많이 겪은 곳이다.

5월, 그 날이 오면

버스 끊긴 오월 숲길 어서 가자 너를 업고
어디를 들러 가랴 노을집 기다리는데
청보리 십리 물결이 울며불며 따라온다

초승달 여린 빛이 강물을 건너갈 때
꽃잠 드는 별 하나 어깨 위에 사윈다
따뜻한 내 등줄기에 찬 이슬이 내린다

돌 속에 묻힌 이름 불러내 잠든 나날
어느덧 팔십 고개 너는 여직 열아홉 살
이팝꽃 흩어지는 날 손 흔들어 보낸다

물에서 크는 나무

광주호 호수생태원을 들어선다
흰 마가렛꽃들 길을 열어주는데
달개비꽃들 보랏빛 향기로 어서 오라 한다
노란 창포꽃에 앉은 나비가 날개를 펴고
다소곳이 길을 내며 날아간다
스치던 바람이 멈춘 곳
연분홍 수련꽃들이 악보처럼 떠있다
흔들리던 잎에서 물방울이 구른다
갈대밭을 지나니 큰 버드나무 길이다
이 호수의 큰 어른들이시다
버드나무가지 위로 반짝이는 상념들
햇살이 협주하듯 쏟아져 내리는데
그 화사한 것들, 다 만끽하지 못한다
펄쩍 뛰어오르는 가물치 소리에
잠시 기분이 깨기도 하지만
이 달콤한 멜랑꼬리를 어쩔 것인가
호수에 잠겨있는 작은 나무를 바라본다

물속에서 춤을 추는 거니, 발버둥을 치는 거니?
어찌 그리 해맑게 웃을 수 있니?
고해의 바다로 떠밀려 사는 너의 자존은
무엇이니? 작은 나무가 내게 묻는다
너와 나, 더는 응답이 없다 서로의 질문은
바라보는 거리만큼 평평하다
물에 비친 산 그림자가 가까이 밀려온다
작은 나무의 지친 손을 꼭 잡아준다

박
정
호

광주문학아카데미 엔솔로지 3 시집

1988년 《시조문학》 추천완료. 시집 『빛나는 부재』

그렇게 여러 날 외 4편

보고잡은디 어쩐다냐
그냥은 안올 거인디

찾아가 볼라 혀도
어딨는지 알아야제

망미정望美亭*
길목을 지켜 선
곤한 눈빛,
분주하다.

*망미정 : 화순 노루목 적벽 앞 소재.

병원에 갔다

나이가 들면서 약 먹는 날이 많아졌다 자꾸만 뒤처지는 구만리 장천 길에 마모된 기계 부품인 양 삐걱대며 멈춘 날

내성이 생겼는지 약발이 듣지 않는다 질곡의 시간을 도려내고 싸매었던 무참히 난도질당한 흉터를 내보여 준다

잘못하여 부끄러운 일 어찌 어디 없으랴 이기지 못한 노여움과 부조리한 것들을 낱낱이 토설을 하고 처방을 기다린다

구르고 굴러 혹사했으니 성한 곳 없겠으나 구르고 굴러 몸 하나도 건사하지 못했다니, 통증이 죗값이라도 이 불편은 못 참겠다

상재上梓하다

　구유에 떨어져 수북한 나뭇잎이 자연이 차려놓은 성찬이라 한들 허기는 가시질 않는다. 허기는 나를 잡아먹고 난 뒤에야 포만에 이를 것이다. 척박한 들녘, 외진 산기슭 푸성귀나 바다에 한정된 물고기와 구분될 것도 없이 백척간두에 올려진 채 진창에 던져져 세상에 나왔으니 누란累卵의 지경 속에서 흔들리는 것이 일인 것이랴

　망연해서 어이할 거나. 어이해도 갈 수밖에, 갈 수밖에는 없다. 나눠줄 온기도 설렘도 없이 식어버린 심장을 내려친 도끼날에 새털구름 흩어 날리는 청천의 벽력같은 길이라 해도, 오막살이 묵정밭 저 홀로 피어 흐드러진 영산홍처럼은 붉어지지 않았겠느냐. 단풍나무 아래 똥 누듯 저질러놓은 한 생애, 갈피를 넘기며 새들이 음독音讀을 하고 바람이 수런거리다 덮어버린 면목이러니, 그때에 난망難忘이여. 달떠서 놀던 흥금이여. 고복顧復하듯 쓸어안던 천추 호곡號哭의 날들이

여. 몸은 피지 못하여 맺지 못하고 여위었나니, 무거
워라. 더께 낀 달목*의 시간을 무슨 까닭으로 지나왔
던가

　뜻 모를 허튼소리로 으어, 으어, 갇힌 허공.

*달목 : 수평을 유지하려고 천장을 보꾹에 달아맨 나무쪽.

달의 소

저 달에 토끼 있으니 소라고 없을 것인가
그믐날 쟁기질로 햇무리 끌어 달을 돌며
항아姮娥*님 나선 달마당 닦고 있는 붉은 소

전면에 등장하는 메인모델인 토끼와 달리
달의 뒷면에 사는 소는 조연이라서
우물에 두레박 내려 전설傳說이나 길어 올리지

보리누름 지난 뒤라 수수목 꺾어 들고
토끼에게 가져다주면 절구를 찧는다네
달 차서 넉넉한 날에 잔치를 벌인다네

*항아 : 달 속에 산다는 선녀.

'너'라는 너무

너무 높거나 너무 깊거나 너무 멀거나 하는 것은 모두 심원心源에서 발현된 것이다 길이라는 것은 애당초 너와 나의 간극일 뿐 너무라는 격정으로 말미암아 파이거나 쌓이고 고인 것이 주체할 수 없어 쓸려나간 상태를 가리킨다 어쨌든 너무하여 너무한 것은 너무에서 시작된 요원한 길이 천 갈래 만 갈래로 뻗어나간 밖에 있음을 말하는 것이 아니다

너무는 어이가 없어 고립무원의 지경이거나 너무하여 답답한 나머지 안타까운 것이 머물지 못하고 다 흩어져가는 상황이니 구기九氣*의 엄습 따위에 휘둘리지 말아야 할 것이다 그럼에도 불구하고 세상의 모든 길은 너에게로 가고 있다

너무나 너무 하여서 이를 수 없는 너로부터

*구기 : 기氣의 변화에 따라 생기는 아홉가지 감정의 상태.
 (노여움, 기쁨, 슬픔, 두려움, 한기, 열기, 놀람, 그리움, 피로)

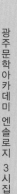

이
송
희

광주문학아카데미 엔솔로지 3 시집

2003년 《조선일보》 신춘문예로 등단, 고산문학대상 수상,
시집 『수많은 당신들 앞에 또 다른 당신이 되어』 외 4권, 평론
집 『유목의 서사』 외 4권, 연구서 『현대시와 인지시학』, 그 외
저서 『눈물로 읽는 사서함』 등이 있음.

환승의 시간 외 4편

당신은 비 오는 날 환승역을 지난다

지나온 길들을 손바닥에 새긴 채

미로로 들어서기 전
잠시 멈춘 발걸음

물에 젖은 계절이 표정을 바꾼다

흩어졌다 사라지는 구름 속 햇살처럼
슬머시 얼굴을 지운 흐린 내가 보인다

출입문 닫다가 잘려 나간 그림자
창밖의 배경은 어둡거나 쓸쓸해

끝없이 소곤거리며
멀어지는 검은 눈

바람이 어깨를 툭 치고 지나간다

끊어진 길 위로 달려오는 환승 열차를

한 걸음 물러선 채로
하염없이 기다린다

겨울의 환

– 자화상

사선으로 흩날리다 사라진 너를 봐

허공을 채우는 푸른 눈을 기억해

뒤쫓는 불빛을 지나 오르는 빙벽의 손

붙잡던 두 손을 놓아 버린 어느 날

몸 밖으로 흘러내린 소리들이 멈췄어

정지된 화면 속에는 표정 없는 이모티콘

어디에도 없는 내가 거울 밖에 웅크렸어

나를 끌고 간 그와 눈빛을 공유했지

언젠가 만났던 것처럼 어색하게 웃으면서

우리 사이

사과를 베어 문 채 그는 말을 아낀다

가끔 내는 소리는 건포도처럼 주름진다

빈 잔을 채우는 것은 붉은빛의 쓴 침묵

오래된 커튼 자락에 몸을 숨길 때마다

표정을 바꾸어 가는 유리 벽의 해와 달

벗어둔 그림자 속에 칼을 품고 걷는다

방치된 대화창엔 읽지 않은 메시지들

부드럽고 우아하게 소리 없이 잘라낸다

거울이 부서진 채로 아침이 밝는다

액자식 구성

그와 함께 걷던 길은 여전히 푸르러

다가설 때마다 나는 자꾸 밀려났어

도무지 닫힌 창문은 열리지 않았지

우리는 서로 다른 하늘을 바라봐

뜨겁고 화려했던 첫 문장을 가르며

바람이 겨드랑이로 거침없이 끼어들었지

그는 말이 없었고 나는 여태 흐느꼈어

내 안이 활활 타는 동안 벚꽃잎은 부풀었지

오후엔 가끔 흐리고 비가 온다고 했었어

말모이

– 한글가온길을 지나며

우리의 말을 품은 한글가온길을 걷는다

빼앗긴 말 짓밟힌 말 부서진 말을 모아
감시의 눈을 피해서 말모이를 하던 자리

꼭꼭 숨은 말을 찾아 숲과 벽을 돌아 나와
암흑기의 언어와 정신을 읽고 쓴다

금지된 자음과 모음에 맺힌 설움을 삼키며……

막다른 길에서 만난 서른셋의 그림자
'한글이 목숨'이라는 피로 새긴 목소리

길이 된 조선어학회 행간을 걷는다

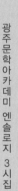

이 토 록

광주문학아카데미 엔솔로지 3 시집

2017년 《열린시학》으로 등단, 시조집 『흰 꽃, 메별』.

대장간 칼 외 4편

밤새 나를 두드리는 소리를 들었습니다 나는 깨어나지 않을 참입니다 바람대로라면 당신 혓바닥에 올려놓을 얇은 꽃잎 한 장이지만 나는 나를 두드리는 사람을 믿지 못합니다 전생에 그는 나를 오래 두드려 새파란 낫을 건져갔던 사람입니다 낫에 잘린 꽃들을 애도하기에 늦었다는 것을 알았을 때 피 냄새나는 꽃들의 후생으로 내가 가서 어떤 날끝에도 잘리지 않는 꽃잎 한 장 세상에 드리고 싶었습니다 나는 다시 두렵습니다 두려워 지금도 불을 견디고 망치질을 견딥니다 한때는 저 소리에 깨어난 쇠스랑이 하루 만에 손가락이 잘려 돌아온 걸 보았습니다 이빨이 다 망가진 도끼도 보았습니다 늙어 고부라진 꼬챙이도 있었지만 아무도 원했던 생은 아니었습니다 그들이 용광로 속에서 전생의 기억을 다 지우고 내 곁에 누워 있는 지금 번번이 잠들고 번번이 깨어나는 아침이지만 믿을 수가 없습니다 쇠붙이로 가득찬 나를 믿을 수 없습니다

나는 깨어나지 않을 참이지만 대장장이는 내 속에서
무엇을 건져냈을까요 아 억겁이 쇠의 굴레라지만

플라스틱 트리

전나무 엉덩이에 플러그를 꽂는다

오늘은 거룩한 밤
성자가 태어난 날
울음이
강보에 싸여 말구유를 타고 온다

캐시밀론 솜눈을 거실 가득 내려야겠다

종소리도 닿지 않는 불 꺼진 첨탑 아래
남몰래 아이를 지운
마리아가 우는 밤

죽은 나귀 발자국들 공중을 걸어가고

밑동을 다 들어낸 불구의 기억인지
나무는

뿌리도 없이

우듬지만 푸르다

찌라시

지하실로 귀뚜라미를 데리고 들어갔을 때
하수관으로 물 쏟아지는 소리가 여러 번 지나갔다
먼지들의 비명이 희뿌옇게 들려왔다
그래 결국은 다 실토하고 말 것이다
더듬이를 감추지 못한 것이 걱정되었다
투명한 날개도 고스란히 펼쳐져 있었다
어떤 색깔을 턱 아래 감추고 있었던 것이 화근이
었다
전단지 몇 장을 훔쳐 종아리에 숨겨둔 것도 밝혀
졌다
그건 저들의 회원들에게만 배달되는 첩보였다
귀뚜라미를 데리고 지하실로 들어갔을 때
누군가의 사생활을 폭로한 말매미는 이미 재갈이
물려 있었다
성명서 한 장 없이 세상이 한꺼번에 시들해진 까닭
이 있었다
기계음이 어지럽게 흩어지는 지하실 구석

날개를 비벼 목숨을 구걸하지 않겠다는

복무서약을 까맣게 새겨 넣은 꼬리 하나가 전갈처럼 세워졌다

우주의 써늘한 전언을 지상의 사소한 곳곳까지 전하는

귀뚜라미에게 재갈을 물려둘 수는 없다

다리가 부러진 귀뚜라미를 들것에 실어

지하실을 나오는 개미들의 긴 행렬이 있었다

가랑잎들이 그곳으로 몰려갔다

귀뚜라미가 마지막 전언을 날개를 비벼 전하고 있었다

닫힌 책방

우리 다시 몸이 얼어 장서처럼 꽂히리라

수 십 장을 넘어가는 난독의 책갈피에
당신이
읽었던 문장
눈송이로 박혀있다

우린 그때
서로의 눈동자에 숨어들어
극지의 무수한 당신들을 기다렸다

서로가
꼭 서로에게
퍼부었던 눈보라

오래 전 파묻혔던 큰 울음이 일 것이다

발목이 푹푹 빠지는 책 더미를 들춰 매고
누군가
세계의 바깥으로 설인처럼 걸어갈 때

청성清聲자진한잎

바람이 불었다. 밤새 산비탈을 쓸던 바람은 날이 밝자 가뭇없이 사라지고 있었다.

바람은 덧없다. 들어앉을 몸을 얻으려고 산죽을 바닥까지 휘어놓고도, 들어앉는 삶을 견디지 못하고 떠난다. 깊은 잠 속의 흐느낌처럼 소리로만 육체를 드러낸다.

당신은 시김새 없이도 한 생을 이루었다 저 바람처럼, 어쩌면 몸 없이 회오리치는 것이 생일지 모른다. 하지만 당신은 소리로 인해 일어서고 드높아진 영마루 같다.

바람이 누웠다 소리로 와서 소리 없이 사라질 줄 아는, 높새바람이었다.

임 성 규

광주문학아카데미 엔솔로지 3 시집

1999년 《금호문화》 시조 등단. 2018년 《무등일보》 신춘문예
동화 당선. 시집 『배접』, 『나무를 쓰다』, 동화집 『형은 고슴
도치』 발간.

흔들리는 길 외 4편

바퀴는 진창을 벗어나지 못하네
흔들리는 일 말고는 아무것도 할 수 없네
헛바퀴 돌리는 일이 내 생을 이끄네

그대를 떠올리면 천 개의 길목이 나와
초록 뱀의 혓바닥처럼 내 맘도 갈라지네
그곳에 남았더라면 우리는 달라졌을까

우연이 필연을 품고 일생을 묶을 때
동전을 높이 던지고 앞과 뒤를 골랐지
통째로 떠오르는 일이 내게 남은 패였네.

어떤 반전

불꽃을 삼키며 손 높이 올린다

공갈빵처럼 부푸는 내 낡은 혓바닥

뜨거워
뒤집으려고
파전 같은 시를 쓴다.

노루발

바닥을 누르고
바늘을 박는다

스르르 올라오는 실 같은 한 줄 일생

그대의 갈라진 발에
움푹 팬 물줄기

조금만
오른쪽으로
고개를
돌려줘

그래 거기에
붉은 실을 보내줘

아득한 초록 바탕 위에

조각난 손을
올려봐

시간을 해동하다

내 안은
층층이
빙하가 들어찼어

녹았다 얼었다
변해버린 눈 코 입

풀어진 뼈마디에선
비명이 들렸어

기억을 씹은 자리에
돌멩이가 박혔는지

어금니가 부풀고 바람이 머물러

흔들린
마음 한쪽은
아프지 않았어.

혓바늘

내 마음 구석에
가시가 자란다

검붉은 돌기가
아슴아슴 만져져

입술을
벌릴 때마다 흘러나오는
비린 한숨

한때는 내 혀도 부드러운 잎새였지

그늘 속에 숨겨놓은
욕망의 잎을 타고
온종일 술렁거린 날은
가시가 돋았어

의심의 목소리가 안개 속을 떠돌아
붉게 물든 달이 구름 속에 갇힐 때

내 혀는 상처투성이
바늘을 쏟아냈어.

염 창 권

광주문학아카데미 엔솔로지 3 시집

《동아일보》(1990, 시조)와 《서울신문》(1996, 시) 신춘문예로 등단. 시집 『한밤의 우편취급소』, 『오후의 시차』 외. 평론집 『존재의 기척』 외. 중앙시조대상, 노산시조문학상 외.

병 속의 혀 외 4편

- 잔盞

그 전날의 바짓단엔 야음夜飲의 흔적들이
스멀거렸고, 액체성의 유기물이 쏟아졌다,
평평한 마룻바닥을 밀고 가는 하루였다

불의 잔盞을 숭배하는 이들의 손바닥엔, 칼금으로
그어진 수신호가 필연이던 그 손에서 손으로 밀서처
럼 건네주며,
폐쇄된 징후를 건너 헐떡이며 달려오는,

장마전선前線,
그 휘하에 쏟아지는 빗줄기처럼
즉물적인 중독성이 저지르는 무방비로
섬찟한 자기 해체를 집행하는 병 속의 혀,

– 마하트마 간디

    단식을 지탱하던 신경선과 피톨들이, 물과 불과 공기로 환원되어 솟구칠 때 화장터는 불 속의 새처럼 파닥이며,

    빻아낸 횟가루 봉지를 바람 속에 털어냈다,

    극도로 평범한 하루를 지내고서

    '위대한 영혼의 피가 이곳을 걸어갔다.' 는

    간디의 사후를 떠올렸다, 몸 구석에 새겼다.

장안문長安門에서

성곽 쪽을 배경으로 가던 길이 나뉘었다
길을 따라 우회하다 장안에서 묵었다
검객의 마음을 떠올리니, 수 세기 전이었다

날아오를 길이 없는 망루에 현판이 걸려
야영지를 굽어보고 있는 그, 뜻과 달리
근자에 회수된 직업들은 오래 가지 못했다

도청과 교육청을 드나드는 서생들은
남녀 구별 없이 검객의 후손이었다
희끗한 입성入城의 꿈은 늘 치수가 짧았다.

떨기나무, 가시

발등의 시간은 곧 모래 폭풍에 파묻혔다
발아를 기다리다 혼자서 뿌리내린 곳
멀리서 불기운 덮쳐 와, 앞무릎이 까매진

난 당신의 어깨를 겨누어 쉬려 했지만
가시마다 핏방울이 어룽지는 이방異邦에서
지전을 좇는 맹인처럼, 손 내밀고 걸어온

약대상이 지난 뒤의 불결한 몸 씻으려고
지층을 따라가던 뿌리들을 깨웠으나
길이 먼, 전도서에선 당신을 찾지 못했다.

에셀나무, 그늘

길이 가진 정신의 근거가 뚜렷하듯
행려자의 배후에는 그림자가 떠다닌다,
부러진 가지를 모아 탁발의 불 지피는

갈구하는 정신은 그늘에 들지 않으려니
달구어진 길 위의 신발을 또 갈아신는다
바닥에 겹친 그림자가 족쇄 찬 짐꾼 같다

그 넝마의 발등에 통성通聲으로 부어주는
사막의 길, 추해졌다고 그녀가 또 말한다,
졸음이 제 그늘 안에 그림자를 섞는다.

골목의 오토바이

1.
정지의 중심점이 비스듬하다,

바퀴의 힘이 반면에 쏠리면서
미처 식지 않은 소음기가,
경주용 모터처럼 반경을 땅에 대일 듯
아슬아슬한 간격을 버팅기는 시간,

소음기 통, 그 출구의 크기만큼
왁자했던 소음들이 사라져버린
외곽에서,

회전 반경의 구심점을 견디는
스탠드바,
외발 쇠붙이의 완강한 중심이 골목에 박혀
큰 짐승의 목을 꿰뚫을 듯 신음이 켜진다,

2.
땅에 떨어진 흰 마스크를 대하듯
여행자는
더럽혀져 가는 길 위에 서 있고
떠돌이 악사처럼
혹은 사생아처럼
텅 빈 테마를 겪으며 행선지를 오가는데
현관 입구를 가로막은 채
알박기를 해 놓은, 저 당당한 포즈는,

정
혜
숙

2003년 중앙일보 《중앙신인문학상》 시조 부문 「앵남리 삽
화」로 등단. 시조집 『앵남리 삽화』, 『흰 그늘 아래』, 『거긴 여
기서 멀다』. 선집 『그 말을 추려 읽다』. 오늘의시조시인상,
중앙시조대상 등 수상.

릉의 후원을 걸었다 외 4편

무의탁 구름 사이로 밀랍 같은 낮달이다
방금 닿은 전언처럼 가지 끝 붉은 열매
나무의 쓸쓸한 화법
그 너머를 더듬는다

흰피톨의 햇살이 가락국에 내리고
시간이 겹겹 쌓인 릉의 후원은 고요했다
바람이 다정했으며
새들의 악보 산뜻했다

아주 멀리 다녀왔으나 글을 이룰 수 없으니
여백으로 남겨둔다, 잠시 펜을 놓는다
아무 일 없다는 듯이
천 년이 또 흘러간다

은사리, 봄

우체부의 행낭이 제법 불룩해졌다
소문이 번지고 아랫녘이 소란하다
자가웃 툇마루에도
햇살 한 줌 앉았다

어디선가 숨어 우는 멧비둘기 울음과
다투어 피어나는 나무의 말, 꽃의 말
느리게 하품을 하며
네가 온다, 옛날처럼

후렴처럼 봄날이

얇은 꽃잎이 미풍에 흩날린다
붉은 봉분 위 사뿐히 앉은 꽃잎 몇 점
나무들 기지개 켠다
나른한 봄날이다

헌 옷가지 태우는 외딴집 저 노인
검버섯 핀 앙상한 손, 쓸쓸한 방백들
꽃처럼 붉었던 날이
어제였나 그제였나

막이 내렸으며 커튼콜은 없었다
텅 빈 객석, 순하게 엎드린 고요
젓대를 길게 불면서
서녘으로 가는 사람

그런 날도 있었다

노각나무 가지 끝…
한숨 쉬듯 꽃이 진다
꽃 보낸 나무의 안색을 살피는 시간
어둠이 천천히 내린다
모서리 없어 다정하다

내가 아침이었을 때
채송화처럼 작았을 때
"첫" 이라 이름해도 좋을
마음이 다녀갔다
세상의 바깥이었을 때
꽃 피듯
꽃이 지듯

새는 울고… 새가 울고

턱을 괸 꽃들이 생각에 잠긴 오후
마실 오듯 다녀가는 건달 같은 바람과
인적이 끊긴 뜨락에
가부좌한 푸른 적막

어둠을 젖히며 흰 달이 떠오르자
우리들 홑겹 연애 소리 없이 부서졌다
부서져 아름다웠다
새가 오래 울었다

최

양

숙

광주문학아카데미 엔솔로지 3 시집

1999년 《열린시학》 등단. 시조집 『활짝, 피었습니다만』,
『새, 허공을 뚫다』. 열린시학상, 시조시학상, 무등시조문학
상 외 수상. 2023년 아르코 발표지원 선정.

물병은 창가에 두고 외 4편

이 집을 떠날 거야 그릇을 잘 부탁해
나 닮은 운동화와 주머니가 몇 개 필요해
기억은 물병에 담아
창가에 두고 갈게

팽나무 가지에서 흰 고양이가 울어대도
두 귀를 닫을 거야 수프는 이제 없어
감춰둔 꼬리를 따라가면
민낯이 보일 거야

이마를 찡그리는 버릇은 그만 둘게
서리가 내릴 때쯤 그림자도 놓을 거야
얼마간 미친 듯이 흐를게
흔들리다 잊을게

마비가 풀리는 방식

마른 풀 위에 앉아 참았던 오줌을 눈다
지금껏 따라다니던 모래알이 흘러내리고
눈앞에 제비꽃잎이 보이기 시작한다

그 꽃잎 데려다가 혼자서 유령놀이를 한다
ㅎ에서 ㄱ찾기, ㅅ에서 ㄷ찾기
이따금 헛것인가 싶게
네가 와서 나만 남는다

거기서 흔들렸다는 변명은 하지 않는다
우리를 갈라놓았던 이유가 사라져가듯
서서히 각도를 틀며 몰락하는 게 좋았다

3cm 잘라주세요

앙칼진 목소리가 시장을 난타한다
쥐들이 수챗구멍으로 잽싸게 들락거리고
혼자서 감당해야 할 빚이
도마 위에 얹힌다

갈치를 쉴 새 없이 토막 내는 굽은 손
흘러내린 머리카락 비린 끈으로 묶을 때마다
어물전 파닥이는 생선은
어머니의 힘이다

수평선 위로 뜨는 잔잔한 저 무지개
3cm만 잘라주세요 희망이 필요해요
등에 난 부황자국에
노을 한 척 정박 중

공백의 감정

거기는 무언가로 팽팽하다 터질 것 같다
꼬리를 흔들거나 헤엄쳐 다니거나
무수히 떠다니는 것
잡히지는 않지만,

몇 개의 쇠창살과 틈새로 느껴지는
거친 숨 푸른 하늘 젖은 눈 구름의 속도
힘차게 날아오르는 빛들의 단호함

바람이 나를 묶어 빗물에 내려놓는다
그 곁에 쭈그려 앉아 발갛게 귀가 젖는다
내 안에 그림자 한 점 몰아내지 못한다

실직 후

한 움큼 쥐고 있던 햇살마저 떠나간 후

의자에 발을 묻고 외로운 섬이 되어

시간의 나사만 풀고 있다

동굴이 된 눈동자

─ 에세이 ─

내게로 오는 시간

동춘서커스단

고성만

    내가 국민학생일 적 누님의 손을 잡고였을까 서커스를 보러간 적이 있었다. 이름도 정겨운 '동춘서커스단'은 전국을 돌며 공연을 펼쳤는데 광주에 와서 얼마간 공연을 한다는 소식을 듣고 찾아간 것이다. 충장로 5가에서 지금은 주차장으로 변한 현대극장 앞 천변에 가설무대가 설치되어 있었다.

        코끼리가 죽고

        천막이 날리던 그해 겨울

        눈보라가 몰려와 가슴을 친다

        어떻게든 살아보려고

컬러TV의 등장으로 공연예술의 중심에서 밀려난 현실을 반영한 것이기도 하고, 이동하는 천막으로 짓는 무대가 여러 가지 제약이 있는 것은 물론 관객 동원의 어려움 등으로 인해 사양길에 접어든 때였다. 앞으로 보기 힘든 명품 공연이라는 자부심도 깔려 있었는데, 그래서 그런지 공연자들의 얼굴에 수심과 함께 각오가 깃들어 있는 듯 보였다. 옷은 낡고 언뜻 보기에도 땟자국이 묻은 듯했고 여러 행동 대사 줄이고 웃으려 할수록 우는 것 같던 표정은 안쓰러움을 불러일으켰다. 관객은 우리 일행을 포함해서 몇 십 명 그나마 할머니 할아버지들이 대부분이었다. 몽골의 게르 같은 천막 입구 큰 북 맨 피에로의 얼굴이 더욱 더 우스꽝스러워 보였다.

공연이 시작되었다. 나는 가슴이 두근거렸다. 입으로 불을 뿜고 접시를 스무 개 서른 개 동시에 돌리는 솜씨는 빼어났다. 미녀를 불러내어 푹푹 찌르고 칼로 토막 내는 마술도 신기하지 그네에서 키스하기 공중 돌며 포옹하기는 고난도 사랑의 방식, 하얗게 터트려지는 플래시에 질끈 감은 눈 벼랑 끝에서 승리자처럼 두 팔 벌리고 지상의 바보들을 향해 짓는 우아한 미소는 갈채를 받아야 마땅했다. 특히 공중을 자전거 타며 날아다니던 장면은 아직까지도 잊히지 않는다. 내 또래 남녀 아이들이 그 어려운 공연을 해내는 것을 보아서 더 그렇게 대단하게 느껴졌는지도 모른다.

　　슬픔도 키가 자라듯

　　꽃향기 날리는 봄

　　축제의 주인공이어야 할 그들

　이 공연을 끝으로 '동춘서커스단'이라는 이름은 주위에서 사라졌다. 당시에는 현대적이라 자부하던 현대극장이 문을 닫고, 천변 가설무대가 있던 곳도 변해서 다시 공연할 장소를 찾지 못했기 때문일까 나이든 곡예사들은 죽고 젊은 곡예사들은 결혼하고 생업을 찾아 뿔뿔이 흩어졌겠지. 어린 곡예사들은 전망이 밝지 않은 서커스단을 떠나 어디론가 갔을 것이다. 그로부터 몇 십 년 후 동춘서커스단이 돌아온다는 뉴스를 접한 적이 있었다. 중국 기예단 단원들이 들어와 공연 재개한다는 소문이 돌았으나 수많은 볼거리들에 묻혀 주목을 받지 못했다. 나도 물론 다시 그들을 보러가지 않았다.

그로부터 사십 여년이 흐른 뒤 동춘서커스단이 공연한다는 소식이 다시 들렸다. 경기도 어디에 상설공연장이 만들어져 앞으로도 계속 공연을 이어간다는데 다시 보러가고 싶은 마음도 있지만 왠지 그때만큼 강렬한 호기심은 들지 않는다. 지금 생각해보면 그들은 참 고독했을 것 같다. 인기를 먹고 사는 공연예술이야말로 시대의 흐름에 민감할 것이 분명한데, 평생 갈고 닦았던 기능도 순식간에 문을 닫게 되는 현실이 슬프기 그지없었을 것이다.

최근 트롯대회 등 각종 경연대회의 열풍이 거세다. 여기저기에서 사람들의 관심을 끈다. 지금의 이 열기도 이 도시에서 저 도시로 유랑하듯 다니며 공연을 펼쳤을 동춘서커스단의 공적은 아니었을까. 라이브로, 현장에서 단 한 번 공연으로 우리를 매료시키던 곡예단, 그들이 우리나라 공연예술의 역사에 큰 비중을 차지하고 있을 것임이 분명하다.

가슴에서 새가 울고
머릿속에 시냇물 흐른다
자꾸 돌아본다 지구상 어디쯤

꼭 있을 것만 같아서

나는 아직도 그들을 생각하면 가슴 속 한 구석이
아프다. 모든 사라지는 것들이 다 애잔하지만, 어떻게
든 버텨보려고 발버둥 치던 모습은 연기가 아닌 진실
된 몸짓이고 제대로 한 번 살아보지 못한 우리의 지난
날을 대변하는 것만 같다.

눈물과 땀에 젖은 오천 원

김강호

　어쩌다가 시간이 많아져서 시간 부자가 되었다. 부모님이 살아생전에 살고 있던 집과 전답이 있는 고향 진안에 일주일에 한 번씩 들러 일을 하곤 한다. 예전 몇 년 동안은 특이한 직장 탓에 고향 집에 와도 자고 갈 수가 없었다. 광주에서 왕복 네 시간 거리여서 일하고 달아나기에 바빴기 때문이다. 그때 이곳 고향 집에서 하룻밤을 자는 것이 작은 소망일 때가 있었다. 봄날이면 집 뒤 무논에서 밤새도록 쌓는 개구리울음이며 피 울음 토하는 소쩍새 울음이 너무나도 그리웠던 것이다. 뜨락에 서면 좌우로 보이는 낮은 산과 뒤로 병풍처럼 펼쳐진 산, 마을 앞 정자나무엔 무수히

많은 별들이 열려 금속성 소리를 내곤 했다. 멀리 앞을 둘러선 산자락엔 운무와 구름과 석양이 다른 모습으로 번갈아 가며 채색을 하고 있었다. 마당을 가로지른 빨랫줄에는 노동이 벗어 놓은 옷가지와 잠자리가 어우러져 햇살을 즐기고 있었고 옆집 행랑채엔 박꽃이 잎사귀와 어우러져 바람이 부는 날이면 바다에 이는 파도와 하얗게 부서지는 물거품을 연상케 해 주었다. 집 뒤란에는 예닐곱 평 남짓한 텃밭이 있어서 생활에 필요한 찬거리를 수확할 수 있었다. 네 개의 가지로 뻗어 오른 자목련 나무와 라일락 나무, 으름 넝쿨과 가시오가피 작약꽃이 어우러져 작은 정원 느낌마저 느끼게 했다. 게다가 무수하게 솟아오르는 돌나물 달래 더덕 부추 머위 취나물 도라지가 봄 내음을 물씬 퍼올렸다.

예전 어릴 적엔 일흔 가구쯤 되었는데 지금은 열예닐곱 가구만 불을 밝히고 있어서 왁자했던 날들에 비하면 고요한 절간 같은 분위기가 되어버렸다.

오래전 부모님의 유품 정리를 다 끝낸 상태여서 내게 필요한 용도로 집 정리를 하다가 서랍장 바닥 장판 아래에서 다 낡고 곰팡이가 낀 형태를 알 수 없을 정도의 오천원 짜리 지폐를 발견했다. 나도 모르게 가슴이 찡해지며 삼십여 년 전 과거로의 시간 여행에 잠겨 들었다.

당시에 고향에서 병역생활을 마치고 쉴 때여서 시간 되는대로 부모님 일을 거들어 드리다가 서울로 가기 위해 십리 남짓 되는 신작로 길을 걸어 차부에 다달았다. 버스가 까마득 멀리 산길을 돌아 코 큰이 재를 오고 있었다. 버스가 차부까지 오려면 십 분은 족히 걸렸다. 워낙 멀미가 심해서 멀미약을 사 먹고 평상에 앉아 차를 기다렸다. 제법 따가운 유월 햇살이 차부 앞 버드나무 잎에서 피라미처럼 반짝이고 있었고, 내가 다니던 학교에서 왁자한 아이들 소리가 새어나왔다. 저만큼 멀리에서 손짓을 하며 누군가가 달리듯 오고 있었는데 자세히 보니 어머니였다. 땀을 비오듯 흘리며 검정 고무신을 끌고 허겁지겁 오신 거였다. 까맣게 탄 얼굴에 흐트러진 머리, 눈시울은 이미 홍건하게 젖어 있었다. 버스 시간 맞추느라 밭에 가신 어머니를 미처 못 뵙고 왔는데 내가 이미 떠난 걸 아시고, 한 번이라도 더 큰아들을 보기 위해 그 먼 길을 곧장 달려오신 것이다.

어머니는 내가 어릴 때에 마루에서 굴러떨어졌는데 병원 치료를 받을 형편이 못 되어 왼팔과 허리뼈가 어긋난 채 한 생을 버티면서 살아오신 것이다. 삐뚜름한 왼손에서 움켜쥐고 있던 것을 건네주시려고 한 것이 돈 같아서 한사코 안 받겠다고 손사래 치자 기어코 내 주머니에 넣어주셨다. "가다가 배고픈디 맛있는 거 사 먹거라"하시며 주신 돈을 펴보니 오천 원짜리 지폐였다. 돈은 땀에 젖어서 흥건했다. 곧바로 완행 버스가 도착했고 어머니와 작별해야 했다. 버스 뒤 칸에서 희부연 유리창 너머 어머니를 바라보자, 멀어지는 버스를 보며 구부정하게 서서 손을 흔들고 있는 어머니 모습이 보였다. 나도 연신 손을 흔들어 보였고 잠깐새 흙먼지가 어머니 모습을 지우고 있었다. 버스는 학교 모롱이로 돌아들었고 어머니 모습은 보이지 않았다. 버스가 덜컹거릴 때마다 가슴에서 뭉클한 것이 맺혀서 미어지게 아파왔다. 아마도 봄철에 고사리 꺾어서 마련한 돈이었을 것이다.

깊은 산 숲을 종일토록 헤매며 꺾은 고사리를 머리에 이고 와서 삶아 말려 팔면 하루 잘해야 오천 원 정도나 되곤 했다. 나는 눈물과 땀에 젖은 오천 원짜리 지폐를 손에서 놓을 수가 없어서 꼭 쥐고 있었다. 금산에서 직행버스를 갈아탈 때까지도 오천 원 지폐는 내 손에서 움켜쥔 채 얌전하게 있었다. 그 후 서울에 살면서도 오천 원은 쓰지 않았고 암만 배가 고파도 참고 책갈피에 잘 보관해 두고 있었다. 얼마 후 어느 추석날에 그 지폐를 꺼내 들고 고향에 돌아와서 다른 돈과 함께 그때 그 오천 원짜리 지폐를 어머니가 주신 거라며 돌려 드렸는데 어머니도 차마 쓸 수 없어서 서랍장 아래 장판 밑에 두시고 깜빡 잊지 않으셨나 하는 생각이 들었다. 눈물과 땀에 젖은 오천 원은 그렇게 우리에게서 사라져버린 것이다.

선몽

김화정

아버지 나이 칠십에 돌아가시고 삼 년이 지나서였다. 어머니는 시름시름 아프셨다. 주위 사람들 권유로 간 점집에서 '영감 묏등을 한 번 울려야것소.' 하더란다. 그때 번뜩 어머니 머리를 스치는 게 있었다. 아버지 안 계시면 엄마는 어찌 살아야 하냐고 큰 딸이 여쭙자, 병상의 아버지는 '다 살게 되어 있어. 하시곤 어머니에게 아이들 성가시게 말고 조금만 살다 와.' 그 말이 몹시 서운했었는데 '죽을 때 손에 쥐어준 것도 없이 그 말 한 마디뿐이더니 죽어서까지…….' 어머니는 부적 같은 것을 들고 점집에서 나왔다.

은방울금방울 자매라 불리는 둘도 없는 언니와 함께 어머니는 망월동 공원묘지로 가셨다. 날씨도 쾌청한 섣달 스무날이었다. 점집에서 일러준 대로 '이 종이만 태우면 끝이다.' 하고는 성냥을 그었다. 활활 잘 타오르니 잘 되었다 싶었는데 어머나~ 아니 이게 살아 화르르 잔디를 불 지르고, 손주 녀석 할머니 애간장 태우듯이, 나 잡아봐라 묏등을 넘는다. 어머니 헛손질에 혼비백산 달아나는 불길, 이모는 관리사무소를 향해 머플러 흔들고, 급기야 어머니는 기절을 하셨다.

땅이 꺼져라 한숨과 함께 얼굴이 하~해져 큰 딸 집으로 가신 은방울금방울 자매, 도착하자마자 어머니 억장이 무너지셨다. 자신이 하는 일마다 물고 늘어지는, 이는 고약한 아버지 탓이라는 어머니를 진정시킨 뒤, 자초지종 놀래지 않도록 배려하는 이모로부터 전해들은 큰 딸, '어젯밤 꿈에 아버지께서 화가 단단히 나셔서 야단을 치시는데, 누구에게 그러시는지, 뭐라 하시는지 알 수가 없었어요.' 꿈속에서 답답하던 큰 딸이, '아버지 그러면 종이에 글자로 써주세요.'

꿈을 깨고 나서 그 글자가 하도 선연한 지라, 큰 딸은 옥편을 뒤졌다. 알 수 없긴 그녀 신랑도 마찬가지, 두 인 변 아래로 나무 목이 있고 바람 풍 안에 소 우, 밭 전 위에 무덤 시, 쇠 금에 삼 수 변 넉자의 한자였다. 미신을 싫어하시던 생전의 그 분 성격을 보면 신기하게도 꿈이 들어맞았다 이 일을 다른 자식들에게는 비밀에 부치라는, 특히 오라비에게만은 절대 알려서는 안 된다는, 어머니 간곡한 부탁에 혼자서 망월공원묘지 관리사무소에 갔다.

어머님이 주신 오십만 원을 들고 큰 딸은 사정했다. '노인이 자식들 몰래 하려던 것이 이 지경이 되었으니, 금반지 팔고 이리저리 취해 모다 이것이니 받아주십시오.' 공원묘지 관리소 담당자는 난감해 하며, '저 많은 묏등을 태웠으니, 잔디는 나면 되지만 비석 옆 나무들도 새로 심고, 조화가 담긴 유리 상자들 원상복구 하려면 한 팔십만 원 주셔야 하는데, 사정이 딱하니 이걸로 해 보리다. 허나 한 열흘 지나면 자손들이 성묘를 올 텐데 새까맣게 타버린 묘를 보면 어찌할지…….'

'워~매, 누가 이랬다냐, 다 태워버렸네~.' 오라버니는 산소 앞에서 기가 막혔다. 집에 와서도 '어떤 자식인지 잡기만 해 봐라.' 하는 말에 고개 푹 숙이신 어머니, '선몽은 내게 하지, 야속하고 무뚝뚝하기만 한 영감,' 이제 다만 아까운 것은 '참 좋~다.'는 말 한 마디에 큰 맘 먹고 산 밍크목도리 선뜻 내준 큰 딸, '작고 가벼운 것이 갸 마음 같이 따수웠는디, 다급한 김에 불을 끄려다 그만 ……. 내 지금 팔십 육세, 영감 덕에 이리 오래 사나.' 이 일은 오라버니에겐 아직도 비밀이다.

가을 만감萬感

박정호

    일 년이라는 시한부 삶을 통고받았다. 2023년 9월 6일의 일이었다. 나이로 인한 노쇠로 잔병치레를 할지언정 몸에 특별한 증상이 있다거나 어떤 징후가 보이는 것도 아니었던 터라 그것은 청천벽력 같은 일이었다. 어느 보험회사에서 고객과의 접근수단으로 만든 '기대수명 계산기'라는 프로그램이 내게까지 전해져 별생각 없이 심심풀이로 나이와 생활 습관 마음가짐 등의 수십 가지 항목을 체크 하였더니 이런 결과가 도출된 것이었다. 순간 기분이 언짢아졌으며 심지어 두려움마저 이는 것이었다. 그것이 현실이었다면 아마 억울함까지 느꼈을 것이었다. 재미로 본 것이니

잊어버리자고 마음먹었지만 한번 뇌리에 박힌 껄쩍지근한 불안과 공포는 쉬이 사그라지지 않았다. 그날 밤 알지 못하는 여자가 집에 와서 먹을거리를 모두 가져가 버리는 악몽까지 꾸었다.

그런데, 다음 날 아침이 되자 별안간 시한부 인생으로 한번 살아보는 것도 나쁘지 않을 것 같다는 생각이 퍼뜩 일었다. 길거나 짧거나 어차피 매일반인 그 시기가 앞당겨지고 남은 시간을 알 수 있다면 미련을 삭감시키고 삶의 궤적을 제대로 정리할 수 있을 것 같았기 때문이다. 그리하여 나는 시한부 일상에 돌입하였다.

시간이 많지 않다고 여겨서인지 정신이 분주하였다. 먼저 얼른 와닿는 사람들부터 새김질하여 관계를 되짚어보기 시작하였다. '자식으로써 맏이로서 소홀한 것은 없었는가?', '지인들에게 성심을 다하고 피해를 주지는 않았는가?', '무엇보다도 나의 말로 인하여 상처를 받은 사람은 없었는가?' 곰곰 되새겨보니 산처럼 쌓인 구업口業을 무슨 수로 감당하랴. 마음에 짐이 있다면 덜어야 하건만 그러지 못할 수도 있을 것 같았다. 못 해본 것이 있다면 해보고 남은 것은 이웃과 나누고, 표현하지 못했던 감정을 표출해 보는 것도 좋으

리라. 좋은 사람으로 각인되는 것보다 세상에서 행한 허망한 욕망의 그림자를 지우는 일이 무엇보다도 자연스러워야 하리라. 세상에 나와 꿈꾸어 이루고 누렸던 모든 것들과 아무 상관이 없게 된다는 것이 아무래도 용납되지 않았으나 어찌 됐든 주어진 시간에 충실하지 않으면 후회가 남을 것 같았다.

사람들과 이어진 끈을 당겼다 풀었다 하다가 이윽고 관조와 관망에 빠져들자 잊고자 했던 상황과 기억들까지 소환되어 안면이 달아올랐다.

오고 가는 것이 목숨을 가진 것들의 본업本業이라 할지라도 생각 밖으로 어려운 것이 돌아가는 일이고 보면, 천 길 벼랑을 기어올라 우뚝 선 낙락장송처럼 저 아래를 굽어볼 기개나 의지도 없이 아, 나는 어찌자고 그 먼 길을 나섰던 것일까?

물들어 가는 나뭇잎이듯 한쪽 어깨가 기울어졌다. 만산홍엽滿山紅葉에 내리는 달빛이 아니더라도 그에 젖어 아쉬운 것은 아쉬운 대로 서러운 것은 서러운 대로 까마득한 것은 까마득한 그대로 놔두고 흔들릴 연유도 없이 흔들리는 것이 일인 가을. 물경勿驚, 대지에 뿌려진 씨앗이 자라 꽃피워 머금은 향기 전해주고 조락의 때가 되어 쓸쓸하다고 하는 것이 까닭 없이 바다에 던진 돌멩이와 다를 것이 무엇이겠는가. 이제 와 생각건대 세상과 어울리지 못하고 삐딱한 마음 하나로 여기까지 왔구나.

오며 가며 스치었던 산을 에돌아 강 건너 만경평야 허허로운 들녘에 남은 이삭처럼 새의 먹이가 되고 구름의 잔재가 되어 흩어진다 해도 만나야 할 사람은 다 만났고 애련도 하나 심었으니 마음의 비탈에 비바람 몰아쳐 뿌리 뽑힌다 한들 나는 본래 무위無爲의 자연에서 온 자者라 아무 말도 하지 않았던 것처럼 아무것도 할 수가 없다.

산밭에 들어 콩잎 몇 장 뜯어먹고 두리번거리는 고라니 눈빛에 무르익은 감나무 그늘 아래 세 들어 살던 간난신고의 이름 모를 잡초였을망정, 너는 너대로 나는 나대로 이 땅의 어엿한 붙이였음을 이제야 알아차린다. 견딜 만큼 견디다가 말라가는, 무너지고 있는 것들을 본다.

기와지붕을 넘어가서 대숲 흔들던 바람이여. 처마 끝에 꺼지지 않는 불빛을 내다 걸고 이슬 내리는 밤의 시오리 길을 갔다가 왔다가 서성거렸던 날들이여. 들꽃 내음만 스쳐와도 괜스레 미어지던 가슴을 주먹 쥐어 때려대던 날들이여. 멀거나 가깝거나 길은 어차피 마음 밖에 있어 다다를 수 없는 것, 그립고 애틋한 것이 밀물겨 와서 시시로 깊어지는 가을.

자갈밭이었는지 가시밭이었는지 긁히고 찢긴 마음이 들썩거린다. 먹구름 가득한 협곡으로 급류가 치달려 내리고 어떤 시달림으로 폐허가 됐는지 꽃밭이던 곳에 감정의 찌꺼기가 쓰레기처럼 쌓여 더 이상 이곳이 향기 나는 자리가 아님을 말해준다.

필경畢竟, 나 없어도 꽃은 피고 어느 후인後人이 와서 그 꽃을 볼 터인데, 나의 몸짓은 무엇을 위한 것이었던가?

주어진 시간을 쪼개어 산다면 심장을 태우고 몸을 사룰 것 같은 이 갈증이 사라질까. 일과를 끝내고 돌아가는 집처럼 언젠가는 돌아가야 할 곳임을 알면서도 정작 그날이 가까울수록 왜 이리 두려운가. 죽음이 돌아가야 할 집이라면 삶이란 집을 나와 탕자처럼 떠도는 일이었다. 그 집에서 멀어지고자 아무리 멀리 돌아도 모든 길이 그 처음이고 끝이라는 것을 알겠다. 그럼에도 수구초심首丘初心의 마음이 끊임없이 일어 돌아가야 하는 것이다. 잘한 일도 영예로운 일도 하나 없이 무명으로 돌아간다는 것이 말처럼 쉽지 않았다. 결코 담담해지지 않는 것이 목숨이라는 것이었다. 지나온 길이 엉켜서 풀리지 않는 실타래 같았다. 삭이고 다짐하고 비우고 내려놓으려 하는 처지가 되어서 세상에 묻힌 때를 닦고 지울 수나 있을지, 마지막 그날이 되어도 정녕 모를 일인 것을. 급하고 초조한 생각을 가라앉히고 남은 시간을 감사하게 여기며 무량한 오늘을 그냥 터벅터벅 걷는 수밖에 없으리라.

서낭당에 또 하나 툭 던져진 돌멩이 같은 나는 걸음을 멈추게 하던 길가의 들꽃보다도 못한 존재였으니, 그 무슨 우여곡절로 길을 내달아 여기에 이르러 한숨 짓고 있는가.

때가 되었으므로 풀벌레 울음소리를 흘려내던 강물이 차가워졌다. 그런 길로 마악 나선 바람의 발이 보인다.

실체 없는 거짓이 초래한 비극

이송희

인간관계 속에서 갈등 없이 살아가는 사람은 드물 것이다. 만약 원한을 품은 누군가가 거짓말로 누명을 씌워 억울한 일을 당했는데, 자신의 결백을 아무도 믿어주지 않는다면 심정이 어떨까? 진위여부는 안중에 없이 그 누군가를 집단적으로 마녀사냥 삼더라도, 억울한 피해에 대해서는 그 누구도 책임을 지려 하지 않는다면? 또 입만 열면 거짓말을 하고 가식적으로 꾸민 가짜 삶의 이력들은 어떻게 걸러 내야 할까? 타인으로부터 신뢰와 존중을 받기 위해서는 평소의 언행이 '신중하고 정직해야 함'은 새삼 강조할 필요도 없다. 괴테의 말처럼 "행실은 각자가 자기의 이미지를 보여주는 거울"이기 때문이다.

말과 행동의 신중함을 담은 기드 모파상의 단편 〈노끈〉이 떠오른다. 소설에 등장하는 오슈코른 영감은 마을에서 도둑으로 오해를 받는다. 그는 고데르빌 광장을 걷다가 버려진 노끈을 주웠을 뿐인데, 그와 평소 사이가 좋지 않던 말랑댕 영감에 의해 졸지에 올브레크 영감의 지갑을 훔친 도둑으로 내몰린 것이다. 자신이 훔치지 않았음을 밝히고자 마을 사람들에게 하소연을 하고 다녔지만 아무도 그의 말을 믿지 않는다. 이러한 불신은 지갑을 주운 마리위스 포멜이 올브레이크 영감에게 주운 지갑을 돌려주며, 자신이 한 일이라고 밝혔음에도 멈추지 않았다. 결국 오슈코른 영감은 억울하게 누명을 뒤집어 쓴 채 죽고 말았다.

오슈코른 영감을 지갑 도둑으로 몰고 간 말랑댕 영감의 거짓말은 '지갑을 줍고 나서 돈 떨어지지 않았나, 진흙 속을 찾은 것까지 안다'는 등의 허위 신고를 할 만큼 치밀하고 섬세했다. 오슈코른 영감이 지갑을 주었다는 증거도 없었지만 마을 사람들은 영감이 당한 봉변에 대해 염려하는 사람은 없다. 이 단편의 줄거리는 언뜻 마녀사냥만으로 보일 수 있지만 그렇게 단순하지만은 않다. 평소 행실의 중요성과 다른 사람을 대하는 자세, 말의 중요성 등 말과 행동에 대한 다양한 담론을 품고 있다. 우선 오슈코른 영감은 광장에서 주은 노끈이 말랑댕 영감에 의해 지갑을 주은 것으로 오해를 받았을 뿐 아니라, 자신이 지갑을 주웠다는 것을 감추기 위해 마리위스 포멜(농부)을 시켜 되돌려 줬다는 파렴치한 사람으로 몰리게 되었다는 점에서 마녀사냥을 당한 것이라 볼 수 있다.

끝까지 사실 여부를 확인하지 않고 소문만 믿고 그를 비웃음거리로 만들어 버린 마을 사람들의 태도에도 분명 문제가 있다. 보통 타인에 대한 추문醜聞을 쉽게 떠벌리는 이들의 특징은 사실과 거짓을 구분하지 않는다는 것이다. 추측과 소문을 기반으로 타인에 대한 추문을, 자신의 허황된 '신념과 추측'을 더해 부풀려 퍼뜨린다. 그러다 보니 자신의 이야기보다 질투와 시기를 기저에 깔고 있는 경우가 많다. 그런데 마을 사람들은 왜 단 한 명도 오슈코른 영감의 말을 믿어 주지 않았을까? 평소 오슈코른 영감은 얕은 꾀로 사람들을 잘 속여 왔기 때문이다. 평소 자신이 품은 생각은 표정과 말, 행동으로 드러난다. 우리가 무심코 보여주는 행동으로 스스로의 이미지는 창조된다. 마을 사람들에게 오슈코른 영감에 대한 불신은 그의 해명이 거세질수록 더 커져만 갔다. 사람들은 자기 신념을 쉽게 바꾸지 않는다. 자꾸 해명하고 다니는 것은 자신의 결백을 보여주기 위한 행동이겠지만, 결국 그들에게 그런 해명은 오히려 추문이 사실임에 틀림없다는 확신을 줄 따름이다.

한편 원한을 품고 허위사실을 유포한 말랑댕 영감은 어떤가? '한 가지의 거짓말을 참말로 위장하기 위해서는 일곱 가지의 거짓말을 필요로 한다'는 마틴 루터의 말이 있다. 심지어 자신의 상상 속 허구를 사실이라고 믿는 심리적 장애로 '리플리 증후군Ripley Syndrome'도 있다. 이 증상을 가진 사람들은 흔히 자신에게 결여된 것에 대한 강박관념에서 출발하여 거짓으로 다른 사람의 신분을 사칭하고 그 거짓말에서 위안을 느끼며, 심지어 사실과 '자신의 거짓말'의 차이를 인식하지 못하는 경우도 있다고 한다. 말랑댕 영감의 거짓말은 원한에서 비롯된 것이지만 이 거짓말로 인해 한 사람을 죽음으로 몰아갈 수도 있다는 점에서 거짓말은 치명적인 범죄가 될 수 있다.

쇼펜하우어는 "사람들이 거짓말을 하는 사람을 싫어하는 이유는 그 거짓말 속에 살려는 의지가 교묘하게 감추어져 있기 때문이다." 라고 말했다. 그래서 오슈코른 영감은 사건 자체보다 말랑댕 영감의 거짓말에 더 큰 불쾌감을 느꼈을 것이다. 결국 자신의 결백을 주장하기 위해 새로운 이유를 덧붙이며 항변을 하고 다닌 소심한 오슈코른 영감이나 "아무리 그래도 자네가 그 일과 무관하다고는 말 못할 거야."라고 하며 그를 외면하는 마을 사람들이나 애초에 거짓말을 한 말랑댕 영감 모두가 문제적 인물이다. 근시안적인 사람들은 진실을 쫓는 것에 그다지 관심이 없다. 그보다 자신이 보고 싶은 것만을 보고, 믿고 싶은 것만을 믿으며, 자신이 꿈꾸며 추구해온 환상 속에 머물러 있기를 원한다. 그러나 그저 거짓만을 쫓는다면, 궁극적으로 우리에게 주어지는 것은 절망과 고통뿐일 것이다.

형님을 어떻게 구할 것인가

이토록

    형님의 사전적 의미는 형을 높여 이르는 말이다. 이는 형제나 같은 항렬의 남자들이 나이가 많은 이를 부르는 말로 쓰일 뿐 아니라 남남인 남자들 사이에 자신보다 나이가 많은 이에 대하여 예의를 갖추어 부를 때 자주 사용되는 말이기도 하다. 또한 자기보다 나이가 많은 아내의 오빠를 부를 때도 쓰고, 손위 동서를 지칭할 때도 이 말은 사용된다. 비단 남자들 사이만이 아니라 여자들 사이에서도 손위 시누이나 손위 동서를 그렇게 부르기도 한다. 이렇게 '형님'은 아랫사람의 입장에서는 감히 넘어설 수 없는 존재, 또는 그를 넘어서지 않겠다는 장유유서의 질서를 마음 안에 반듯

하게 세우는 자발적 복종의 표현이기도 하다.

나는 경상도 사람이고, 전라도에서 살고 있다. 내가 무심결에 사용하는 이 '형님'이라는 호칭은 지역에 따라 다소 다른 의미로 사용된다는 것을 알게 된 것은 오래되지 않았다. 경상도에서는 형님이라는 호칭이 지극히 제한적으로 사용되는 경향이 있다. 형제 사이에서 나이 차이가 많은 형을 주로 형님이라고 하며, 남남인 경우에는 자주 사용되지 않는다. 형님이 사용되는 경우는 그와 내가 흉금을 털어놓을 수 있는 지극히 가까운 사이가 되었다는 의미를 가진다. 말하자면 내가 그와 관계를 맺는 마지막 단계의 일이다. 이에 반해 전라도에서의 형님은 주로 관계맺음의 출발을 의미한다. 남남인 누군가를 만났을 때, 그와의 대화에서 그를 가까이하면 좋겠다는 생각이 마음 안에서 일어나면 형님이라 부른다, 그렇게 형님이라는 호칭이 촉발하는 한없이 좋은 마음들이 합쳐져 서로 격이 없는 관계로 발전해 간다.

이렇게 다른 의미를 가진 '형님'이라는 두 개의 호칭을 끌어안고 끙끙거리며 나는 그냥 살아간다. 나에게는 이 호칭이 한국어와 영어의 간격 정도로 아득할 때가 있다. 이제 와서 발음 교정도 쉽지 않고 억양을 감출 길도 없어서 그냥 콩글리쉬를 하면서 산다. 전라도에서 살아가는 경상도 남자는 원래 그래! 하면서, 형님이라 부르지 않으니 건방지거나 뻣뻣한 사람이 되어 가면서 말이다. 고향인 경상도에선 그 반대의 핀잔을 듣기도 하고, 내가 형님이라고 부르면, '날 언제 봤다고 형님이라고 해'하는 표정으로 나를 바라보는 이의 시선을 받아 내면서, 아무것도 아닐 것 같은 이 호칭 하나로 양쪽 모두에게 골고루 좋은 소리 못 듣는 형편이 되면서도, 콩글리쉬처럼 어느 쪽도 알아듣지 못하는 말을 어버버 하며 살아간다.

그런데 우리는 종종 '형님'이 이렇게만 존재하는 것이 아니라는 사실을 목도하게 된다. 가령 어깨나 문신들이 허리를 직각으로 꺾으면서 충성서약처럼 큰소리로 외치는 형님! 이 '형님'은 절대복종을 보여주는 방식으로 관계의 시작을 알리며, 또한 끝을 피와 칼로 마무리하는 배신의 관계, 그곳에도 존재한다. 세계가 다른 곳에는 다른 언어가 있다. 아니, 있어야 한다. 그런데 이 '형님'이라는 호칭은 무책임하게도 똑같은 걸

모습으로 다른 세계에 존재하는 악마적 속성을 가지고 있다.

얼마 전 대장동 사건의 핵심인물로 알려진 이의 녹취록이 공개되었는데, 그는 그의 '일당'인 유명한 특검출신 변호사를, 또한 지금은 대통령이 된 어느 검사를 '형'이라고 지칭했다. 그들이 그와 형/동생 관계맺음을 통하여 어떤 기막힌 합의나 묵인이 있었는지는 모를 일이지만, 그는 그들과의 유대를 과시하듯, 내가 바로 그런 '급'에 속하는 사람임을 강조하는 듯 말했다. 더군다나 형님이 아니라 형이라는 말로 격식을 갖추어야 할 심리적 거리가 조금도 없는, 그야말로 격이 없는 사이임을 드러냈다.

이 '형님'의 악마성은 이렇게 발현된다. 폭력과 사기, 온갖 부정과 부패를, 비열한 권력의 속내를 지극히 부드러운 황금빛 보자기로 감싸서 세상에 내놓는다. 그 보자기를 바라보는 세상은 그 보자기 안에 감추어진 것들에 오금이 저려오기도 한다. 그 황금빛 찬란함에 기가 죽기도 한다. 그래서 '형님'은 두려운 언어가 된다. 그 두려움을 이기기 위하여 '형님'은 자주 남발되고, 그 두려움을 사람들의 뇌리에 심어주기 위하여 '형님'은 더 자주 호출된다.

관계맺음의 시작이 되었든 완성이 되었든, 형님은 우리들에게 비빌 언덕이 되기도 하고, 내가 그를 넘볼 수 없는, 다만 따르고 싶은 커다란 존재로 우리들에게 다가오는 것이 원래의 모습이었다. 호칭을 통해 부여되는 따뜻하고 든든한 질서는 우리를 편안하게 만들기도 한다. 이처럼 큰형님 같았던 어떤 '형님'은 안타깝게도 어느 순간 어깨들의 겨드랑이에, 문신들의 등짝에, 부와 권력의 아가리에 처박혀 들어가고 만 것이다.

그 '형님'을 어떻게 구해낼 것인가. 그를 구하여 어떻게 국어사전 속으로 돌려보낼 수 있을 것인가. 우리는 다하지 못한 숙제를 오래오래 해야 한다.

어른을 위한 동시

임성규

나는 방과 후 글쓰기 강사다. 방과 후 아이들에게 들려줄 동시를 찾는데 많은 시간을 보낸다. 어른들이 쓴 동시집에는 생각보다 어른들의 욕심이 느껴지는 시들이 많다. 이런 아이로 자라면 좋을 텐데 하는 교훈적인 시들이 때론 아이들에게 시의 맛을 떨어뜨리는 원인이 되기도 한다. 자칫 잔소리로 다가갈 수도 있다.

아이들은 어른들의 아버지라고 에드워드는 말하지 않았던가 아이들은 이미 어른의 맘을 들여다볼 수 있다는 것을 어른들이 놓치는 것이다.

"저건 가짜야. 아니 저건 맛이 없어." 이런 소리가

들린다. 나는 편식에 길들여진 아이를 위해 다양한 맛이 있는 동시를 고르고 또 고른다. 동시를 고르다 보면 문득, '이건 나를 위한 동시구나'하는 생각이 드는 시를 만나게 된다. 마치 내 상처 입은 유년이 치료받는 느낌의 시, 그리고 내가 꿈꿨던 상상의 공간을 만나는 느낌의 시, 아이들을 위한 동화나 동시가 어른들의 문학으로 편입된 경우는 생각보다 많다. 사실 그런 동시를 내 아이가 좋아한다. 어른을 위한 동시가 곧 아이들을 위한 동시라는 것을 알았다. 내가 먼저 위로받고 내 마음이 흔들렸을 때 아이들의 마음이 내 쪽으로 움직이는 것이 보인다. 아이들은 이미 눈치를 챈다. 내가 왜 이 시를 골랐는지.

그림이 그려지는 동시

비대면 수업에 익숙해진 아이들에게 시를 읽히는 일은 쉽지 않다. 상상의 공간을 만들어주기 위해서는 응시와 침묵이 필요하다. 아이들은 소리에 목말라한다. 소리 치기도 하고 옆 아이와 이야기를 나누며 시간을 즐긴다. 아이들을 내 쪽으로 고개를 돌리게 하는 방법은 내 목소리를 키우거나 아니면 아이들의 호기심을 불러일으킬 만한 것을 보여주어야 한다. 그렇다고 같이 소리를 치며 수다를 떨 수는 없다. 아이들은 보이지 않는 것을 견디기 힘들어한다. 그래서 그림이나 사진 그리고 그림책을 선택한다. 보이는 것을 통해서 보이지 않는 것을 알려주어야 한다. 시적 알레고리를 아이들에게 전달하기 위해서는 그림(이미지)이 가장 효과적이다. 그림을 보여주면 아이들은 고개를 든다. 나도 아이들처럼 내가 고른 그림에 마음이 끌린다. 그림과 동시와 함께 있다는 것은 내가 고른 동시속에도 그림이 있다는 것을 말한다. 그림은 시의 문을 열기 위한 손잡이다.

시 쓰기를 처음 배울 때 선생님은 내게 그림이 그려지는 시를 쓰라고 했다. 나도 종종 그런 말을 아이들에게 사용하곤 한다. "얘들아, 시를 읽고 눈앞에 한 장면이 펼쳐져야 한단다. 아무리 사랑한다고 해도 그것이 어떤 사랑인지 알 수 없으니까. 장미꽃이든 보석 반지든 보여줬을 때 이 녀석이 나를 좋아하나 이런 생각을 해볼 수 있지 않을까?" 아이들은 고개를 끄덕인다.

조영수 시인의 「살구나무 밥집」이라는 동시가 있

다. 살구나무를 찾아오는 벌들에게는 살구나무가 밥집이다. "개나리 밥집 문 닫겠네."라는 말로 끝나는 이 동시는 아이들의 눈에 살구나무와 개나리의 그림이 펼쳐진다. 풍성하고 따뜻한 봄날 벌들의 윙윙거리는 소리도 들린다. 오감을 동원한 한 편의 동시를 만나면 마음이 풍요로워지고 따뜻해진다. 무엇 때문에 우리는 이토록 오래 힘들게 길을 걸어왔는지를 떠올리게 된다. "내 옆에 네가 있었지," 고개를 들고 바라본다. 아이들도 알 것이다. 자기 옆에 누가 있는지를 가장 민감하게 생각한다.

나를 대신해서 이야기해주는 것들

나는 맨날 얻어맞고 학교에 다녔다. 나를 대신해서 싸워줄 수 있는 존재가 있었으면 했다. 그리고 나는 내 말을 잘 들어줄 누군가가 있었으면 했다. 어른이 된 지금 누구도 나를 때리지 않지만, 여전히 나는 나를 대신해서 싸워줄 누군가를 찾고 있는 것 같다. 덜 자란 어른들이 생각보다 많다.

아이들은 끊임없이 자기 이야기를 한다. 들어주다

보면 이야기들이 중간중간 끊겨있음을 알게 된다. 자기에게 불리한 이야기나 하고 싶지 않은 이야기는 다 지워버린다. 나도 그렇다. 내가 듣고 싶은 이야기만을 들었다는 것을 안다. 친절하지 않은 사람은 만나고 싶지 않지만, 정작 나는 나 자신에게조차도 친절하지 않았으니 누구에게 친절할 수 있었을까. 하지만 좋은 동시를 읽다 보면 마음을 바꿔볼 수 있는 경험을 하게 된다. 동시는 직접적이고 확연하게 삶의 방향을 제시할 수 있는 선명함을 지녔다. 아이들은 그래서 질문을 좋아하고 답을 찾는 것을 즐거워한다. 신민규 시인의 「울타리」라는 동시를 들려주면 아이들은 호기심을 갖는다. 나도 질문으로 시작하는 동시를 좋아한다.

"나는 동물원에 살아요 / 나는 매일 동물을 봐요"로 시작하는 이 동시는 제목 알아맞히는 것으로 수업을 시작한다. 아이들의 대답은 정말 다양하지만, 정답은 울타리다. 울타리가 되어 보는 경험을 아이들과 함께한다. 입장을 바꿔보는 시간, 나는 아이들의 입장을 생각하면서 내가 얼마나 불친절한 어른이었는지 깨닫게 된다. 답을 맞췄다는 기쁨과 함께 누군가는 나와 다른 생각을 하는 것을 알게 된다.

어른이 된다는 것은 상상의 세계를 잃어버린 것이

라는 말을 들었다. 왜 어른들은 상상하면 안 돼? 나는 울컥해진다. 아이들에게 강조하는 것은 역시 상상이다. 상상의 어원은 코끼리 뼈라고 한다. 상자에 담긴 뼈들을 보고 코끼리를 상상해 냈다는 이야기에서 비롯됐다. 나는 아이들과 함께 의자와 탁자가 말을 하는 상상을 한다.

송현섭의 「개미떼를 따라가면」이란 동시는 아이들이 무서워한다. 개미떼를 따라가면 무엇이 나올까? 거기에는 죽은 풍뎅이와 절뚝절뚝 걸어가는 나비가 나온다. 아이들은 상상 속에서 만난 무엇인가를 따라가 보고 시를 쓴다. 우리는 누구를 따라가느냐에 따라 풍경이 달라진다는 것을 잘 안다.

상상의 꼬리를 물고 새와 나비와 물고기와 땅속 지렁이, 하늘의 별을 따라가 보는 아이들의 시를 만난다. 아이들은 어두운 공간에 별을 달 줄 아는 상상의 힘을 가졌다. 나는 아이들과 함께 동시를 읽으면서 함께 상상한다.

백창우 시인의 「지렁이」라는 시는 한 번도 가보지 않은 길을 이야기한다. 비 오는 날 지렁이의 외출은 지렁이에게는 생전 처음 가본 길이기 때문이다.

"한 번도 가보지 않은 데를 가 봐야지 / 내가 가면

길이 생겨"

눈물이 핑 돌았다. 한 번도 가보지 않은 길을 가본 적이 있다. 길을 잃고 이틀이나 헤매다가 파출소 아저씨 손에 이끌려 집에 돌아온 것이다. 그래서 길을 잃는다는 것이 어떤 것인가를 잘 안다. 아이들은 모르는 길에 대한 두려움보다 호기심이 먼저다. 가보지 않은 길을 찾아 나서는 마음이 동시 속에는 있다.

마음의 물을 주는 시간

교실의 나무들이 말라 있다. 흙 속에 손을 넣으니 물기가 없다. 물을 줘야 한다. 아이들에게 마음의 물을 주는 시간에 대해 이야기해 본다. 우리가 경험한 것을 어떻게 생각하고 해석하느냐에 따라 세상이 달라진다. 테드 휴드, 「생각 속의 여우」를 같이 읽으면서 우리는 마음에 물을 주는 법을 이야기했다. 오감을 동원해서 경험과 상상의 세계를 함께 만난다. 어릴 적 놓쳤던 여우가 어른이 된 어느 날 머릿속으로 들어왔던 이야기다. 이것은 물론 동시가 아니지만 아이들은 자신의 방식으로 충분히 이해하고 받아들인다. 가끔은 어른들이 읽는 시도 아이들의 눈높이에 잘 맞는 좋은 시가 있다. 어른과 아이의 경계가 무너지는 시를 나는 좋아한다. 고개를 들어 별과 달을 쳐다볼 줄 아는 아이를 만나는 일은 행복하고 설레는 일이다. 아이들이 고개를 들 수 있도록 아이들을 위한 동시를 찾는 일은 재밌고 즐겁다. 나는 지인들에게 동시 읽기를 권한다. 그것은 마음에 물을 주는 일과 비슷하다. 바싹 마른 마음의 밭에 손을 넣어보면 알 것이다. 얼마나 버석거리고 있는지를. 무늬만 어른으로 살아가고 있는 어른들을 위해 동시를 선물하고 싶다.

광주극장
– 스크린 너머에서 겨울이 지나가고 있었다

염창권

– 상영되기 전의 빈 스크린이 마스크를 쓴 우리의 현실과 닮았다는 느낌이다. 스크린 저쪽에 세상의 진실이 있는데, 스크린은 그 진실을 직접 보여주지 못한다. 단지 우회적인 사건을 통해 그 진실의 내막을 암시할 수 있을 따름이다.

1. 이십수 년 전부터 영화관 골목을 지나고 있었다. : 「영안반점」

아직 광주국제영화제의 명맥이 이어지고 있을 때

였다. 혼자 생각하고, 먹고, 마시고, 글을 쓰고, 피곤하면 잠을 자는 것이 나의 일상이다. 어쩌다 잉여의 시간이 배부르게 다가왔을 때 나는 광주극장 2층 좌석의 가운데쯤에 앉아 있을 것이다. 오전 상영을 마치면 오후 한 시쯤 되는데, 영화관 골목에 자리한 '신락원'이나 '영안반점'을 찾아가 자장면을 시킨다. 그리고 점심시간을 건너 또 다른 영화를 본다.

> 비에 젖은 꽃잎들이 낙진처럼 흐려져서
> 입간판을 흔들며 계절풍에 쓸려갈 때
> 밀반죽 치대는 주방엔 기름 솥이 끓는다.

초췌한 모습으로 봄비를 뒤집어쓴 골목의 나무가 꽃잎을 지우고 있었다. 싸늘한 날씨처럼 을씨년스럽게 서 있던 입간판들이 매운바람에 덜컹거렸다. 그중 한 개가 넘어지며 아스팔트 위를 스치더니 껍질이 까졌다. 이때 "영안(永安)"이라는 단어가 눈에 띈 것이다. 어수선하게 바람에 쓸리는 먼지며 전단지들이 일상의 가벼움을 벗어나려는 몸살처럼 보였다.

> 영안의 깊은 허공 향한,// 점멸(點滅)의/ 꽃잎들!

축축하게 젖은 꽃잎들이 떨어져 내리고 있었는데 이걸 받아내느라 허공이 움푹하게 깊어지고 있었다. 영화에서 보았던, 죽은 사랑을 향한 주인공의 애절한 외침이 메아리처럼 다가왔다. 물수건으로 문질러놓은 듯 허공이 축축했다.

2. 지난해에도 영화관 골목을 지나고 있었다.
:「지연된 일상성」

도시의 귀퉁이에 차고 희끗한 눈발이 치고 있다. 이곳은 중심지인 분수 광장에서 네다섯 블록을 지난 곳이다. 소담스럽지는 않지만 그렇다고 겨울 들어 오랜만에 만나는 눈이 싫다는 뜻은 아니다.

회갈색의 낡은 건물들과 전선들로 얽힌 어수선한 공제선 그리고 쓰레기와 먼지가 곳곳에 쌓인 골목에서 바람이 기운을 한껏 부풀린다. 신축 오피스텔의 펜스 가림막, 선거를 앞둔 후보자들의 현수막을 잡아채며, 하늘길을 내려오는 눈발들을 한쪽으로 휘어져 돌게 했다. 그것들은 제재소의 톱밥 가루처럼 주목받을 새도 없이 구석으로 쏠려가서 희더분하게 쌓였다. 나는 더럽혀진 그 자체로 현존을 지칭한다고 보았다.

　　스크린엔 묵묵부답 흰 눈발이 쏟아지는데

　　'지연된 일상들'
　　이 사건은, 은유라고!

　　실존은 감염되는 거야, 더럽혀지는 거야

　　삶 자체는 순수한 현전이 불가능하다고 본다. 우리의 존재 자체가 감염된 상태로서의 현존임을 자각한다. "과학이 진보하는 것과 동일한 수준으로, 역사와 정치는 진보의 원리를 따르지 않는다."고 밀란 쿤데라는 지적한다. 그렇지 않다면, 우둔하고 따분한 판단을 보이는 역사가 이처럼 반복될 리가 없다는 것이다. 충장로 1가에서 시작된 인파가 이곳 4, 5가까지 흘러든 것은 20여 년 전의 풍경이다. '광주국제영화제'란 이름으로, 인권영화제를 기획하고 실천한 것도 그즈음의 일이다. 저예산 및 늑장 편성으로 인해 주로 올드 필름을 상영하였는데, 마니아층을 제외하면 일반인에겐 관심 밖이라 생각될 정도로 관객이 들지 않았다.

조직위원장은 주로 전현(前現)의 수식어가 붙은 정치가, 연장자가 전유했다. 예산확보를 위한 고육책이라는 일설이 있다. 이들은 방송이나 행사장에서 축사를 겸해 가끔씩 얼굴을 드러냈지만, 상영관의 좌석에서는 한 번도 마주친 적이 없다. 이들의 정치적인 각축 속에 예산은 점점 줄어들었고, 관객들은 쳐다보지도 않아 차츰 바닥의 기금까지 말라붙으면서 부산에 이어 두 번째로 발족된 '광주국제영화제'는 공식적으로 이름을 감추고 말았다.

북쪽 창문 너머로 보이는 '엔터시네마'의 뒤쪽에 '아카데미극장'이 있었다. 도매상의 거리에 있는 그 건물은 주변의 상권과 함께 퇴락한 모습의 빈 건물로 전락하고 말았다. 나는 그곳에서 1박을 하듯이 단편영화를 50편 가까이 본 기록을 세웠다. 희붐한 새벽에 도시의 거리로 나섰을 때, 5가의 낯설고 황량했던 골목의 냄새와 감각이 지금도 후각적으로 선명하게 지각된다. 분수 광장 동쪽으로 '문화의 전당'이 들어서면서, 도심은 두 블록쯤 동쪽으로 이동하였고, 또 전남도청과 광주시청이 이전되면서 중심지가 분산되었다. 이곳 4, 5가까지 인파가 흘러들기에는 역부족인 현실이다. 이곳보다 멀리 위치한 태평극장과 아시아극장은 사라진 지 이미 오래되었고, 극장의 일번지이던 1가의 무등극장도 어느 틈엔가 역사 속으로 자취를 감추고 말았다.

극장들은 순차적으로 멀티플렉스(복합상영관) 형태로 모습을 바꾸었다. '엔터시네마'는 이곳 최초의 멀티플렉스였으나 문을 닫은 지 오래인 듯, 계단의 화강암 틈으로 웃자란 풀이 비쭉 솟아올라 있고, 유리창에 붙은 광고성 출력물들까지 색이 바랜 채 벗겨져 있다. 내적으로 수많은 가능성을 함축한 이 건물이 셔터를 내린 채, 텅 비어 있는 것은 참으로 안타까운 일이다.

충장로에는 광주극장, CGV 2곳, 롯데시네마, 디지털 영화관 등의 극장 다섯이 분산되어 있다. 이곳 5가에 위치한 '광주극장'은 광주에서 유일한 단일관으로 900석 규모의 예술전용 극장이다. 20여 년 전, 여고생이었던 문근영이 영화제 개막식에서 인사를 했던 기억은 지금도 생생하다. 세월이 흐른 만큼 문 배우는 명성 있는 배우가 되었고, 관객이었던 우리는 나이가 들면서 차츰 노년기에 접어들었다. 꼭 그만큼 광주극장도 허술해졌고 시설 면에서 손볼 곳이 많아졌다.

쿤데라의 말처럼 역사가 진보보다는 퇴행을 거듭하는 것처럼, 광주에서의 영상, 영화 운동은 쇠퇴를

거듭하여 거의 불모지 수준이 되었다고 본다. 마니아 층은 점차 사라지고, 배급사 주도의 소비자만 양산되어왔다. 정치가들은 스토리 생산 거점으로서 지역의 미래에 투자하기보다는 전시, 공연 기획과 같은 현재의 실적을 보여주는 곳에 눈길을 돌린다. 국가의 예산 배정도 그와 같은 양적 지표에만 안주하는 것은 똑같은 논리이다. 즉 미래의 일은 챙길 수 있는 몫이 아니며, 나중에는 자신들의 손을 떠날 것이라는 민첩한 판단에 기초를 둔 것이다. 이러한 관점에서 보면, 역사가 퇴행한다고 해도 이상할 것이 하나도 없다.

작년 2월 17일, 광주극장에서 영화 〈굿 보스〉를 볼 때였다. 2층의 왼쪽 귀퉁이 비탈진 좌석에 앉아 병아리 콧김 같은 난방 온기를 느끼면서 모포를 권했던 극장 상임이사 K의 말에 따르지 않은 것을 적이 후회했다. 나는 이 영화관의 20년 이상 변함없는 고객이고 마니아이다. 얼마 전에는 이란의 압바스 키아로스타미 감독의 기획전을 모두 거쳤다. 그래서 이 영화관에 대해서는 어느 정도 적응된 상태였다. 오른쪽 비탈진 아래쪽에서는 몸이 불편한 남성이 모포를 덮고 영화를 관람했다. 영화가 끝났을 때 내 무릎이 딱딱하게 굳어 잘 펴지지 않았다. 다음 날, 가까운 CGV

에서 〈해적-도깨비 깃발〉을 보았다. 전작에 대한 기억이 남아 있는 터라 연결해서 보기 위함이었다. 안락한 의자에 난방까지 잘 갖추어져 있었지만, 단 한 명의 관객을 위해 상영되는 영화를 보는 것은 영 미안한 일이었다.

> 나뭇가지에 매달린 얼음 불꽃,
> 딱딱해진
> 그 냉기를 쬐려고 내 더러운 손을 폈지
>
> 세상을 향한 묵념이, 마구 터져 나왔어

문화계 중에서도 코로나19로 직격탄을 맞은 곳은 관객과의 직접적인 대면을 요구하는 공연물 쪽이다. 연극, 영화, 콘서트 등은 관객과의 단절뿐만 아니라 향후의 소비 트렌드 변화까지도 이들에게 두려움으로 내재 되어 있다. 겨울을 지나면서 나는 영화관을 자주 들락거렸다.

나는 한 그루 나무였는지도

정혜숙

나는 자연과 함께 할 때 본연의 내 모습을 찾는 것 같아 편안하다. 내가 가장 나다울 때는 자연의 들숨 날숨과 함께 할 때라고 생각한다. 마음이 건조해져서 일상에서 벗어나고 싶을 때마다 공원이나 산을 찾는다.

무등산은 온갖 나무들과 풀꽃과 새들을 깃에 품고 있다. 숲에 들어 나무들과 인사하며 나무의 수피를 어루만지며 어지러운 마음을 내려놓는다. 숲에는 사철 청량한 바람이 불고 새들의 노래 그치지 않는다.

무등산 가는 길, 전망대를 지나면 오래 된 산딸나무가 열을 지어 서 있는 장소가 있다. 꽃이 필 무렵이면 남편을 졸라 몇 번이고 그곳을 찾았다. 산딸나무꽃을 처음 만났을 때 하늘을 향해 활짝 피어있는 깨끗하고 정결한 십자화 모양의 꽃에 반하고 말았다. 꽃으로 보이는 건 꽃받침이라지만 아무래도 상관없다. 노각나무 흰 꽃은 꽃의 가장자리가 일부러 가위로 오려낸 듯 촘촘한 결각이 예술이다. 꽃 피는 시기에 맞춰 산을 찾곤 했는데 새로 이사 온 지금 사는 동네에 노각나무가 가로수로 식재 되어 있었다. 세상을 다 얻은 듯 기뻤다. 사람주나무는 사람의 피부처럼 부드러운 수피를 가진 나무인데 가을에 물이 들면 형용하기 어려울 정도로 아름답다. 그런가 하면 몇 해 전 지리산 노고단 가는 길, 새벽 산행 중 처음 만난 산목련은 너무 고와서 눈이 부셨다. 언젠가 설악산 미시령을 넘다가 무리 지어 피어있는 산목련을 만났다. 남쪽에는 이미 꽃이 졌는데 북쪽에서는 보란 듯 환하게 피어 나를 기다리고 있었다. 걷잡을 수 없는 희열을 느낀 순간이었다. 산목련은 만개한 모습보다 반쯤 핀 꽃봉오리가 더 매력적이다.

이렇게 나무를 좋아하고 풀꽃을 좋아하는 마음을 순정이라고 표현해도 될까 모르겠다. 때문에 내 작품

의 소재 대부분은 자연에서 빌려온다. 값도 없이 자연
은 무한량의 기쁨을 내게 안겨준다. 나는 어쩌면 전생
에 한 그루 나무였는지도 모르겠다.

그때는 그랬었다

최양숙

벌써 몇 십 년이 흘렀지만 그때를 생각하면 지금도 웃음이 절로난다.

아버지께서는 건축업을 하셨는데 성격이 급하고 목소리가 하도 큰지라 어느 때고 불호령이 떨어지면 일꾼이든 빚쟁이든 골목의 꽃이든 꼼짝을 못했다. 차는 주로 코란도를 타셨다. 사건이 일어난 그날 나는 운전석 옆자리에 앉아 집으로 가고 있었다. 퇴근길 차들로 밀리는 시간이었고 급히 갈 이유도 없었는데, 아버지는 1차선에 길게 늘어선 차들을 무시하고 2차선으로 신나게 달렸다.

그런데 신호가 바뀌자 갑자기 왼쪽 깜빡이를 넣으

시더니 잽싸게 1차선으로 끼어들었다. 그때 교통경찰관이 다가와 깍듯이 인사를 하며 차를 세우라는 신호를 했다. 그러자 태연하게 "뭐여?"하면서 왼쪽 유리창을 내렸다. 젊은 경찰관이 "신호를 위반하셨습니다. 면허증을 제시하여 주십시오!!"하자 신경질적으로 눈을 치뜨며 "내가 무슨 위반을 했다고?" "직진 선에서 좌회전 하시면 신호 위반입니다!!" "아니, 언제 그렇게 법이 바뀐 거여 나한테 말도 안하고…, 내가 늙은이라 뭣을 몰랐는디 내 생질이 정철이네!!" 하시며 느닷없이 사촌 동생 이름을 호명했다. 경찰관은 고개를 가우뚱하며

"예? 뭐라고요?"

아버지 짧게 *"정 철"*

"정철이 누구신데요?"

"생 질"

"생질이 뭔데요?"

"정 철"

"그니까 정철이 누구신데요?"

굵고 단호하게 *"생 질"*

"생질이 뭔데요?"

더 크고 짧게 *"정 철"*

"글쎄 정철이 누구냐구요?"

아버지 벌겋게 달아올라 더 짧고 더 굵게 *"생 질!!"*

경찰아저씨 잠시 머뭇거리다 뭔가 큰 실수라도 저지른 듯 고개 숙여

"아~ 몰라 뵈서 죄송합니다 어르신, 안녕히 가십시오!!" 하더니 경례까지 붙이고 갔다. 옆에서 안절부절 듣고 있던 내가 하도 신기하고 이상해서 철이가 지금 뭐하냐고 물으니까 입가에 미소를 지으시며 자랑스럽게

"아~ 철이, 이삼일 전에 의무경찰 됐어야!!"

"헉… ??"

의무경찰을 대단하게 여기시는 아버지와 생질이라는 단어가 다소 생경했을 젊은 경찰관의 대화가 서로 통했다고 해야 할지는 모르겠으나 젊었을 적 우리아버지는 일방적이고 호기롭고 허세도 많았다. 순수하고 풋풋했던 젊은 경찰관도 지금쯤은 어느 중견의 자리에 올라 그때의 일이 기억나면 푸시시 웃었을 것이라 생각된다.

혹시라도 이 글을 본다면 미안하고 감사하고 이해해 달라는 말을 전하고 싶다.

광주문학아카데미 엔솔로지 3시집

그렇게 여러 날

—

초판 1쇄 인쇄　2023년 10월 27일
초판 1쇄 발행　2023년 11월 10일

—

지 은 이　고성만 외
펴 낸 이　임성규
펴 낸 곳　다인숲
디 자 인　정민규

—

출판등록　2023년 3월 13일 제2023-000003호
주　　소　62357 광주광역시 광산구 월곡산정로 20-49 101동 106호
전자우편　a-dream-book@naver.com

—

*책 가격은 뒤표지에 표시되어 있습니다.
*지은이와 협의에 의해 인지는 생략합니다.
*잘못된 책은 교환해 드립니다.

—

ISBN 979-11-982572-5-3　03810

ⓒ광주문학아카데미, 2023

이 책은 ◆광주광역시 GWANGJU CITY ╟ 광주문화재단 Gwangju Cultural Foundation 의 지역문화예술육성지원(기초예술단체지원)으로 지원받아 발간되었습니다.